KB171174

검찰관 · 외투

검찰관 · 외투

니콜라이 바실리예비치 고골 글 | 송정수 · 김세일 **옮김** | 임양 **그림**

검찰관·외투

초판 1쇄 발행 2006년 9월 5일
초판 9쇄 발행 2015년 1월 5일
글쓴이 | 니콜라이 바실리예비치 고골
그린이 | 임양
옮긴이 | 송정수·김세일
펴낸이 | 박선희
펴낸곳 | 해와나무
편집 | 김경아, 이신혜, 김미영
디자인 | 투피피
마케팅·제작 | 이정원
관리 | 황현종
출판 등록 | 2004년 2월 14일 제312-2004-000006호
주소 | 서울특별시 마포구 홍익로5안길 20 재강빌딩 4층
전화 | (02)362-0938 / 7675
팩스 | (02)312-7675
ISBN 89-91146-57-0 43890

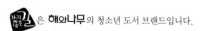은 해와나무의 청소년 도서 브랜드입니다.

차   례

제 낯짝 삐뚤어진 줄은 모르고 거울 탓만 한다.

- 민간 속담

검찰관

등장인물

안톤 안톤노비치 스크보즈니크-드무하노프스키 시장

안나 안드레예브나 시장 부인

마리야 안토노브나 시장 딸

루카 루키치 흘로포프 교육감

암모스 표도로비치 랴프킨-챠프킨 판사

아르체미 필리포비치 지믈랴니카 자선 병원장

이반 쿠즈미치 슈페킨 우체국장

표트르 이바노비치 도브친스키, 표트르 이바노비치 보브친스키 지주

이반 알렉산드로비치 흘레스타코프 상트페테르부르크에서 온 관리

오시프 흘레스타코프의 하인

흐리스치안 이바노비치 기브네르 약사

표도르 안드레예비치 륨류코프, 이반 라자레비치 라스타코프스키, 스테판 이바노비치

카로브킨 퇴직 관리들, 도시에서 존경받는 인물들

스테판 일리치 우허베르토프 경찰서장

스비스투노프, 푸고비친, 제르쥬모르다 경찰관들

압둘린 상인

페브로니야 피트로브나 포슐레프키나 열쇠공의 아내

미슈카 시장의 몸종

여관 종업원, 하사관의 아내, 남녀 손님들, 상인들, 시민들, 의뢰인들

8

배우들을 위한 주의 사항

인물의 성격과 의상

시장

나이 든 공무원으로, 스스로는 자신이 그리 못난 인물은 아니라고 생각한다. 뇌물을 받아 챙기면서도 매우 당당하게 행동하는 편이다. 매사에 신중하며, 잔소리하길 좋아하는 경향이 있다. 고함을 치는 것도 아니고 조곤조곤한 것도 아니고, 말수가 많거나 적은 것도 아니다. 그의 입에서 나오는 단어는 나름대로 의미 있는 것들이다. 생김새는, 말단 공무원으로 힘겨운 직장 생활을 시작한 사람들이 흔히 그렇듯, 거칠고 경직되어 있다. 무례하리만치 변덕을 부리는 사람들에게서 흔히 볼 수 있듯이 두려움에 떨다가 금세 기뻐하고, 굽실대다가도 금세 거드름을 피우는 등 감정의 전환이 매우 빠르다. 평상시에는 깃에 금장이 수놓아진 제복을 입고 박차가 달린 기병대용 긴 부츠를 신는다. 희끗희끗한 머리털을 짧게 쳐올렸다.

안나 안드레예브나

시장의 아내. 바람기가 있는 지방 도시의 여인으로 아직 중년의 나이에 접어들진 않았다. 인생의 절반은 소설 나부랭이와 서화첩을 읽으며, 나머지 절반은 헛간과 식모 방을 들락거리면서 교양을 쌓아 나간 여자다. 호기심이 왕성하고, 기회만 있으면 허세를 부린다. 종종 남편을 휘두르곤 하는데, 그럴 때면 남편은 할 말을 잃고 쩔쩔매곤 한다. 하지만 그런 것은 잔소리를 하거나 비아냥거릴 때처럼 아주 사소한 일상에서만 일어나는 일이다. 연극이 상연되는 동안 그녀는 네 번에 걸쳐 다른 옷으로 갈아입는다.

흘레스타코프

스물세 살 가량의 호리호리하고 마른 체격의 젊은이. 사리 판단에 어둡고 다소 어수룩한 면이 있다. 흔히 관청 같은 데서 아무짝에도 쓸모없는 사람으로 간주되는 부류의 사람이다. 생각 없이 지껄이고 행동하며 무엇에든 지그시 관심을 기울이지 못한다. 유창하게 말하지도 못하며, 전혀 생각지도 않았던 말들이 입에서 튀어나오곤 한다. 이 역할을 맡은 배우는 될 수 있는 한 솔직하고 어수룩하게 보일수록 제 역할을 제대로 소화해 내는 것이 된다. 옷은 유행하는 풍으로 입었다.

오시프

보통 중년의 나이가 된 하인들에게서 찾아볼 수 있는 역할이다. 신중하게 말하고, 시선은 약간 아래쪽으로 향해 있고, 잔소리가 많으며, 주인에게 해 주고 싶은 훈계를 자기 자신에게 읊조리기를 좋아한다. 항상 거의 일정한 톤으로 말하며, 주인과 대화를 나눌 때는 냉정하게 굴거나 머뭇거리기도 하며, 다소 무례한 표현을 일삼는다. 자기 주인보다 똑똑해서 상황 판단이 빠르지만, 수다스러운 것을 싫어하므로 입을 다물고 있는 사기꾼 스타일이다. 옷은 회색이나 남색의 낡은 프록코트이다.

보브친스키와 도브친스키

두 사람 모두 키가 작고 땅딸막한 체구에, 적당히 배가 나왔고, 호기심이 왕성하다. 놀랄 만치 서로 닮았다. 둘 다 엄청나게 빠르게 말하며, 지나칠 정도로 많은 몸짓과 손짓을 해 댄다. 도브친스키가 보브친스키보다 키가 약간 더 크고 좀 더 신중한 편이다. 반면 보브친스키는 도브친스키보다 더 싹싹하고 활달하다.

라프킨―챠프킨 판사

대여섯 권의 책을 읽고 나서 다소 자유 사상가처럼 되어 버린 인물. 추론을 좋아하는 사람으로 자신의 말 한마디 한마디에 권위를 부여한다. 이 역할을 맡은 사람은 항상 의미심장한 표정을 짓고 있어야만 한다. 처음에는 쉬쉬거리는 소리를 내다가, 낡은 시계처럼 가늘게 늘어지면서 그르렁대는 콧소리가 섞인 저음으로 말한다.

지믈라니카 자선 병원장

매우 살이 쪘으며, 굼뜨고 둔한 인물이다. 그럼에도 불구하고 처세에 능한 아부꾼이다. 다른 사람들 일에 나서기를 좋아하고 성격이 급한 편이다.

우체국장

어린아이처럼 순박한 인물이다.

그 밖의 다른 역할들은 특별한 해설이 필요 없다. 그들의 원형이 되는 인물은 대부분 우리 주변에서 흔히 찾아볼 수 있다. 배우들은 특히 마지막 장면에 신경을 써야 한다. 마지막 대사는 모든 사람들에게 순간적인 전기 충격과 같은 효과를 불러일으켜야 한다. 배우들은 모두 눈 깜짝할 사이에 자세를 바꿔야만 한다. 경악을 금치 못하는 외마디 외침은, 한 사람이 외치듯이 모든 여자들의 입에서 단번에 터져 나와야만 한다. 이상의 주의 사항을 제대로 지키지 않을 시에는 모든 효과가 사라져 버릴 수 있다.

제1막

시장 저택의 방

시장, 자선 병원장, 교육감, 판사, 경찰서장, 약사, 지역 주민 두 사람 등장.

시장 　여러분, 내가 여러분을 초대한 것은 그다지 좋지 않은 소식을 전하기 위해서요. 상트페테르부르크에서 우리 도시로 검찰관을 파견했다는군요.

암모스 표도로비치 　검찰관이 왜?

아르체미 필리포비치 　검찰관이 왜?

시장 　검찰관은 자신의 신분을 감추고 올 뿐만 아니라 비밀 임무까지 받았다고 합니다.

암모스 표도로비치 　이런 젠장!

아르체미 필리포비치 　어째 한동안 잠잠하다 했더니 이거 골치 아프게 됐군!

루카 루키치 　이런 맙소사, 게다가 비밀 임무까지 받고 온다니!

시장 　이런 일이 있을 줄 알았습니다. 지난 밤 꿈에서 예사롭지 않은 쥐새끼 두 마리가 계속해서 보이더군요. 정말 그런 놈들은 처음 봤습니다. 시커먼 것이 크기도 예사롭지 않았습니다! 슬며시 내게 다가와서 킁킁 냄새를 맡더니 냉큼 다른 쪽으로 가 버리더군요. 그건 그렇고, 여러분에게 안드레이 이바노비치 치미호프에게서 받은 편지를 읽어 드리겠습니다. 아르체미 필리포비치 병원장도 그 사람을 알 겁니다. 편지의 내용은 이렇습니다. "나의 대부(代父)이자 은인인 그리운 친구에게……." (재빠르게 눈으로 훑어 내려가면서 작은 목소리로 중얼거린다) "자네에게 급히 알려 줘야……." 아! 바로 이 부분입니다. "자네에게 급히 알려 줘야 할 게 있다네. 현(縣) 전체를, 특히 우리 도시를 감찰하라는 명령을 받은 관리가 도착했다는 소식을 들었네." (의미심장하게 손가락을 위쪽으로 치켜세운다) "그 관리는 평범한 사람처럼 위장하고 있다는군. 난 이 사실을 믿을 만한 정보통으로부터 전해 들었네. 누구에게나 사소한 죄는 있는 법이지. 하지만 자넨 현명하고 한번 손안에 굴러 들어온 건 놓치고 싶어하지 않는 성격이니……." (읽기를 멈추면서) 뭐, 여긴 다 우리 편이니까…….

"설령 어디선가 신분을 감추고 숨어 있는 게 아니라, 아직 도착하지 않았다 하더라도 언제 들이닥칠지 모르니 부디 몸조심하게. 어제는……." 음, 여기서부터는 집안일에 관한 이야기군요. "누이인 안나 키릴로브나가 남편과 같이 우리 집에 왔다네. 이반 키릴로비치는 몸이 많이 뚱뚱해졌고, 여전히 바이올린을 켜고 있지……." 그리고 기타 등등. 상황은 대충 이렇습니다.

암모스 표도로비치　이거 보통 문제가 아니군요. 정말 심상치 않네요. 어찌되었든 고생 좀 하겠어요.

루카 루키치　안톤 안토노비치 시장님, 도대체 무엇 때문에? 검찰관이 왜 하필이면 우리 시에 온다는 걸까요?

시장　왜 하필이라니요! 그럴 운명인가 보죠. (한숨을 내쉰 후) 그동안 다른 도시들을 감찰하느라 우리 시에 못 왔을 테지요. 하지만 드디어 우리 차례가 온 겁니다.

암모스 표도로비치　시장님, 제 생각에는 뭔가 미묘하고도 정치적인 이유가 숨어 있는 듯합니다. 바로 이런 의미가 아니겠습니까? 정부는…… 그러니까…… 전쟁을 계획하고 있는 겁니다. 그래서 혹시 어딘가에 첩자가 있는 건 아닌지 알아볼 요량으로 관리를 보낸 게 분명합니다.

시장　그 무슨 해괴망측한 소리요! 알 만한 사람이 말이야. 지방 소도시에 첩자라니! 여기가 무슨 국경 도시라도 된답니까? 여기서부터 3년을 죽어라 달린들 그 어떤 나라에도 못 갑니다.

암모스 표도로비치　그게 아닙니다. 시장님은 뭔가 착각하고 계신 것 같은데……. 정부 당국은 민감한 사안을 염두에 두고 있다는 것입니다. 아무리 멀리 떨어져 있다고 해도 정부는 허수아비가 아닙니다. 무슨 꿍꿍이가 있는 게 틀림없어요.

시장　꿍꿍이가 있든 말든 그건 내가 상관할 바가 아니오. 어쨌든 여러분에게 미리 통보했으니 다들 정신 바짝 차리세요! 내가 할 일은 그럭저럭 처리했으니, 여러분도 알아서 처신하세요. 아르체미 필리포비치 병원장! 특히 당신은 조심해야 할 거요. 우리 시를 방문하는 관리라면 분명 당신네 자선 병원부터 둘러보고 싶어할 테니, 책잡히지 않게 모든 걸 완벽하게 준비하시오. 환자들 모자부터 청결히 해야 할 거요. 환자들이 지저분한 대장장이 꼬락서니를 하고 돌아다니는 일이 없도록 주의하란 말이오!

아르체미 필리포비치   뭐, 그건 걱정하지 않으셔도 됩니다. 모자를 깨끗하게 바꿔 주는 것쯤이야 일도 아니지요.

시장   아 참, 그리고 침대 머리맡에 라틴어나 다른 적당한 언어로 환자들 이름도 써 붙이시오. 이건 약사인 당신이 알아서 할 일이요, 흐리스치안 이바노비치. 병명은 물론, 누가 언제 무슨 요일에 입원했는지 적어 넣으시오. 그리고 환자들이 독한 담배를 피워 대는 것도 썩 좋은 일은 아닌 듯싶소. 병실에 들어가면 사방에서 쿨럭거리는 기침 소리가 끊이질 않으니 말이야. 그런 환자들은 적을수록 좋을 게요. 그렇지 않으면 분명 관리가 엉망이라느니, 의사가 돌팔이라느니 하는 소리를 듣게 될 거요.

아르체미 필리포비치   걱정하지 마십시오. 진료에 관한 것이라면 저와 흐리스치안 이바노비치가 나름대로 세워 둔 방침이 있습니다. 그것은 무엇이든 자연 상태에 가까울수록 더 좋다는 겁니다. 그래서 우리 병원에서는 비싼 약은 쓰지 않습니다. 인간은 단순한 존재라서 죽을 사람은 죽고, 살 사람은 살게 마련이죠. 게다가 흐리스치안 이바노비치 약사는 러시아 어를 한마디도 모르니 환자들에게 이런저런 소견을 말한다는 것 자체가 어려운 일입니다.

흐리스치안 이바노비치가 러시아 알파벳 'I' 같기도 하고 'E' 같기도 한 소리를 낸다.

시장　암모스 표도로비치 판사! 당신에게도 한마디 하겠는데, 법정에 신경 좀 쓰시오. 특히 의뢰인들이 들락거리는 법정 대기실 말이요. 수위들이 그곳에서 새끼친 거위를 키우는 통에 거치적거려 걸어다니기가 힘들 지경이오. 아, 물론 누구든 살림살이를 불려 나간다는 건 칭찬할 만한 일이고, 수위라고 해서 거위를 키우지 말라는 법도 없지만, 그런 장소에서 거위를 키운다는 것은 그다지 모양새가 좋지 않다는 말이오. 예전에도 이 문제를 지적하고 싶었는데, 내가 그만 깜박했군.

암모스 표도로비치　그럼 제가 오늘이라도 당장 거위들을 모조리 부엌으로 치워 버리라고 하겠습니다. 괜찮으시면 오셔서 점심이라도 드시지요.

시장   그것 말고도, 재판소 안에는 온갖 잡동사니 천지요. 서류 더미로 꽉 찬 책장 위에 사냥용 채찍이 떡 하니 놓여 있는 것도 별로 보기 좋지 않소. 물론 여러분이 사냥을 즐기는 건 알지만, 당분간은 뒤로 미루는 게 좋을 듯싶소. 사냥용 채찍은 검찰관이 다녀가면 다시 올려 두도록 하시오. 그리고 그 배심원장 말이요……. 일 처리 솜씨가 수준급인 것은 알지만, 지금 막 술독에 빠졌다 나온 것 같은 냄새가 난단 말이지. 이것 역시 좋지 않소. 진작부터 이 말을 하고 싶었는데, 일이 너무 바빠서 그만 잊어버리고 말았소. 만약 그 사람 말대로 원래부터 타고난 냄새라 하더라도 그걸 없애는 방법이 있지 않겠소. 양파나 마늘, 아니면 뭐든 좀 먹어 보라고 권하시오. 아니면 흐리스치안 이바노비치 약사가 여러 가지 약을 써서 도움을 주는 건 어떻겠소?

흐리스치안 이바노비치가 방금 전과 똑같은 소리를 낸다.

암모스 표도로비치   이제 와서 그 냄새를 없앤다는 건 불가능합니다. 그 양반 말로는 어렸을 때 유모가 자기를 땅에 떨어뜨린 적이 있었는데, 그때부터 보드카 냄새가 나기 시작했다는군요.

시장   다만 그렇다고 지적한 것뿐이오. 시 내부 문제 처리에 관한 일이나 안드레이 이바노비치가 편지에서 '사소한 죄'라고 언급한 것에 관해서라면 난 아무 할 말이 없소. 말을 하는 게 오히려 이상하지. 사소한 죄도 짓지 않은 사람이 어디 있겠소. 신께서 인간이란 존재를 그렇게 생겨 먹도록 만들어 놓았는데 괜히 볼테르 주의자[+]들이 쓸데없는 반박을 늘어 놓는 게지.

암모스 표도로비치　　시장님, 사소한 죄라 함은 뭘 염두에 두고 하는 말입니까? 죄도 죄 나름입니다. 여러분에게 솔직히 말하면 나도 뇌물을 받습니다. 그런데 그 뇌물이란 게 바로 사냥개 보르조이 종의 강아지입니다. 사실 이건 뇌물이라고 보기 힘들죠.

시장　　아니, 강아지든 뭐든 뇌물은 뇌물이잖소.

암모스 표도로비치　　아니죠, 시장님. 이를 테면 누구는 500루블짜리 모피 코트를 받고, 그 부인은 500루블짜리 목도리를 두르죠.

시장　　그래, 당신은 뇌물로 고작 보르조이 종 강아지밖에 안 받았다 이 말이군. 그건 그렇고 당신은 신을 안 믿는 거요? 하긴 당신이 교회에 가는 걸 한 번도 못 봤으니. 그래도 난, 적어도 신앙심만큼은 강하오. 일요일마다 교회도 꼬박꼬박 나가지. 그런데 당신은……, 당신이 천지창조에 관한 이야기를 꺼내면 나는 머리카락이 곤두선단 말이오.

[+] **볼테르 주의자** : 반기독교 주의자. 종교적 회의주의자나 무신론자를 일컫기도 한다.

암모스 표도로비치   그건 정말이지 순전히 제 스스로 깨우친 겁니다.

시장   하지만 어떤 경우에는 생각이 많은 것보다는 아예 없는 편이 더 나을 때도 있는 법이오. 어쨌든 난 그저 지방 법원에 관한 일을 상기시켰을 뿐이오. 솔직히 말해서, 지방 법원에 누가 눈길이나 주겠소? 정말 부러운 곳이오. 신께서 지켜 주고 계신 게지. 아 참, 루카 루키치, 당신은 명색이 교육감이니 특히 선생들에게 신경 쓰시오. 물론 선생들이야 교육을 많이 받은 사람들이지만 다들 행동거지들이 하도 괴상해서 '선생이라는 자들은 으레 그런가 보다'라는 생각이 든다니까. 예를 들어 선생들 가운데 얼굴이 투실투실한 그 친구 말이요, 성은 기억이 안 나는데……. 아무튼 교단에 설 때마다 얼굴을 찡그리더군. 이렇게 말이오. (얼굴을 찡그린다) 그러고는 나비넥타이 아래쪽에서부터 구레나룻을 쓰다듬어 올리더군. 물론 학생들 앞에서 그런 행동을 하는 거야 별로 대수롭지 않은 일이겠지. 어쩌면 학생들에겐 그렇게 해야 할지도 모르는 일이니, 그에 관해서는 내가 딱히 판단을 내리지 않겠소. 하지만 여러분도 생각해 보시오. 만일 그가 손님 앞에서 똑같이 행동한다면 이건 매우 심각한 사태로 이어질 수 있소. 검찰관이나 다른 사람이 보았다면 자기한테 일부러 그렇게 행동하는 것이라고 오해할 수도 있으니, 무슨 일이 일어날지 누가 알겠소!

루카 루키치   그럼 제가 대체 그자에게 뭐라고 하면 좋을까요? 저도 벌써 몇 번이나 말했습니다. 며칠 전 교실에 귀족 단장⁺께서 잠시 들렀을 때도 그자가 여태껏 본 적이 없는 이상한 낯짝을 하고 있는 겁니다. 자기 딴에는 좋은 마음으로 그랬겠지만, 저는 귀족단장에게 어쩌자고 자유사상 따위를 젊은 이들에게 불어넣느냐고 질책을 받았습니다.⁺⁺

시장   그리고 역사 선생에 대해서도 주의를 좀 주시오. 보아하니 그 친구는 머리도 꽤 좋은 것 같고 아는 것도 많은 듯한데, 열정이 지나쳐서 수업 시간에 너무 흥분하는 게 문제더군. 나도 그 친구의 수업을 들어 본 적이 있는데, 아시리아 인과 바빌로니아 인에 대한 이야기를 할 때까지만 해도 멀쩡하더니 마케도니아의 알렉산드로스에 대해서 이야기할 차례가 되니 말이오, 대체 무슨 일이 일어났는지 아시오? 나 원, 기가 막혀서. 무슨 큰 불이라도 난 줄 알았다니까. 갑자기 교단에서 뛰어내려 오더니 어디서 그런 힘이 나는지 글쎄 의자를 집어 들어서 냅다 마룻바닥에 내동댕이치는 거요. 아,

---

⁺ **귀족 단장** : 러시아에서 18세기 초부터 1929년까지 행정 구역 명칭으로 사용되었던 '우예즈드'(현에 해당)의 귀족 회의에서 선출된 의장을 지칭한다.

⁺⁺ 18세기 후반, 프랑스 혁명을 전후로 러시아 지식인들 사이에서는 프랑스 계몽주의와 혁명에 관한 서적이 널리 읽혔으며, 절대 군주제와 농노제를 비판하는 여론이 퍼져 나갔다. 1825년 12월, 젊은 장교들이 주축이 된 러시아 지식층들이 농노제 폐지와 입헌 군주제를 요구하며 황제 니콜라이 1세에 반대하는 '제카브리스트 반란'을 일으켰다. 반란은 곧 진압되었지만, 니콜라이 1세는 철저한 전제 정치와 탄압 정책을 펼쳤다. 여기서는 제카브리스트 반란 이후 니콜라이 1세의 자유사상 탄압 정치를 빗대어 이야기하는 것이다.

물론 알렉산드로스는 영웅이지. 그런데 도대체 의자는 왜 때려 부수는 건지. 그런 일로 국고에 손해나 입히고 말이야.

루카 루키치 맞습니다, 그자가 좀 다혈질입니다. 저도 몇 번이나 주의를 줬습니다만…… 자기는 학문을 위해서라면 죽음도 불사한다면서, 마음대로 하라니 어쩌겠습니까.

시장 그래, 그런 친구들을 일일이 말로 설명하긴 힘들지. 영리한 친구든 술주정뱅이든 인상을 쓰고 있는 꼴은 매한가지니 다 꼴불견이지.

루카 루키치 이거 참, 교육감 일도 못해 먹겠습니다! 별걸 다 신경 써야 한다니까요. 하나같이 참견하려고만 들고, 다들 잘난 체하고 싶어 안달이니 말입니다.

시장 그건 아무것도 아니오. 아무도 모르게 나오는 감찰이 큰일이지! 갑자기 나타나서는 "아, 당신들, 여기 있었군!", "자, 여기 판사 양반은 뉘시오?", "랴프킨-챠프킨 입니다", "그럼 랴프킨-챠프킨을 대령하시오!", "그럼 자선 병원장은 뉘시오?", "지믈랴니카라고 합니다", "그럼 지믈랴니카를 이리 데려오시오!" 이렇게 되는 게 바로 큰일 아니겠소?

2장

우체국장   여러분, 무슨 일인지 설명 좀 해 주시죠. 대체 어떤 관리
　　　　가 온다는 겁니까?

시장   아니, 정말 아무 소식도 듣지 못했단 말입니까?

우체국장   표트르 이바노비치 보브친스키 씨한테 대충 듣긴 했습니
　　　　다. 방금 전에 보브친스키 씨가 우체국에 다녀갔습니다.

시장   그래, 이반 쿠즈미치 우체국장은 이 일에 대해 어떻게 생각
　　　　하시오?

우체국장   어떻게 생각하다니요? 터키와 전쟁$^{+}$이라도 일어나는 게
　　　　아닐까요?

암모스 표도로비치   그렇죠! 나 역시 같은 생각을 했습니다.

시장   둘 다 뚱딴지 같은 소리를 하는군!

우체국장   분명 터키와 전쟁이 일어날 겁니다. 프랑스 놈들이 장난
　　　　질을 치고 있어요.$^{++}$

시장   대체 터키와 무슨 전쟁을 벌인다는 거요! 손해를 보는 쪽은
　　　　터키 인들이 아니라 우리일 텐데. 그건 이미 모두가 아는 사

✛ **터키와 전쟁** : 러시아와 터키는 1768년을 시작으로 1세기 반 동안 여섯 차례의 전쟁을 치렀다. 러시아 남부 국경의 문제, 상업권을 위한 흑해 개방, 그리스 및 이집트 독립과 관련된 국제 정치 문제 등이 전쟁의 원인이었다.

실이잖소. 검찰관이 우리 시에 올 거라는 정보가 담긴 편지
도 받았소.

우체국장   만일 그것이 사실이라면 터키와 전쟁이 나진 않겠군요.

시장   그럼 당신 생각은 어떻소?

우체국장   제 생각 말씀인가요? 안톤 안토노비치 시장님은 어떻게
생각하십니까?

시장   내 생각 말이오? 뭐, 두려울 것까진 없지만, 사실 조금 겁이
나긴 하는데……. 상인들과 시민들이 약간 마음에 걸리긴
하오. 듣자하니 내가 자기네들을 쥐어짠다고 하는데, 신을
두고 맹세컨대, 설령 내가 어떤 자에게 뇌물을 받았다 하더
라도 그건 정말로 그자가 미워서 달라고 한 게 아니오. 난
심지어 이런 생각도 해 보았소. (우체국장의 팔을 잡고 다른 쪽으
로 데려간다) 혹시 누군가 나를 밀고한 건 아닌지. 사실 우리
도시에 검찰관이 올 턱이 없지 않소? 귀 좀 빌리겠소. 사실
우리 모두에게 도움이 될 것 같아서 하는 말인데, 우체국에
들어오는 편지든 나가는 편지든 죄다, 그러니까 그게 말이

✢ 16세기 이래 터키의 지배를 받아 온 발칸 및 중동 지역 국가들(그리스, 루마니아, 불가리아, 이집트 등)은
18세기 말 터키 세력이 약화되자 독립 운동을 전개했다. 당시 이들은 독자적으로 독립 운동을 전개할 힘이
없었다. 이에 유럽 열강은 독립 운동 지원을 구실로 영향력을 강화하고자 했는데, 이것이 '동방 문제'라 부
르는 복잡한 국제 관계 형성의 원인이 되었다. 러시아는 그리스와 이집트 독립 운동 지원을 핑계로 발칸과
중동으로 진출했다. 이때 러시아의 남하에 위협을 느낀 영국과 프랑스가 터키의 지원 요청을 받아 이 분쟁
에 적극 개입하게 된다. 여기서는 소위 '동방 문제'라 불리는 발칸 및 중동 지역 국가들의 독립과 관련한
러시아-터키-프랑스-영국 간에 형성되고 있던 미묘한 정치적 기류를 암시한다.

지……. 당신이 그걸 좀 뜯어서 읽어 보면 어떻겠소? 혹시 편지 속에 밀고장이 들어 있을지도 모르는 일이니. 단순히 주고받는 편지라면 다시 봉하면 될 것이고, 하긴 뭐, 개봉된 상태로 편지를 전해 준다 해도 별일이야 있겠소.

우체국장　네, 네……. 그런 건 뭐 굳이 가르쳐 주시지 않아도 됩니다. 전 사실 예방 차원에서라기보다는 그저 호기심으로 진작부터 그 일을 하고 있었습니다. 저는 세상 돌아가는 소식과 접하는 걸 무척 좋아합니다. 편지는 다른 어떤 것과 비교할 수 없을 만큼 흥미로운 읽을거리지요! 어떤 편지든 즐겁게 읽을 수 있어요. 정말 갖가지 사건들이 묘사되어 있죠. 간혹 교훈적인 부분도 있고 말이죠……. 「모스크바 신문」[+]을 읽는 것보다 훨씬 낫다니까요!

시장　그럼 어디 한번 말해 보시오. 혹시 상트페테르부르크에서 온다는 그 관리에 대해서는 뭣 좀 읽은 게 없소?

우체국장　아뇨, 없습니다. 코스트로마[++]와 사라토프[+++]에 대한 이야기는 아주 많았지만, 상트페테르부르크에 대한 이야기는 전혀 없었습니다. 어쨌거나 시장님께서 그 편지를 읽지

[+] **모스크바 신문** : 1756년부터 1917년까지 모스크바에서 발행되던 일간지. 19세기 중반까지 러시아에서 가장 널리 읽히던 신문으로, 러시아인의 생활, 외국 소식, 문학, 예술, 과학, 통계 자료, 참고 문헌 등을 실었다. 19세기 중반 이후 러시아 정부의 전제 정치를 지지하는 성향을 띠면서 귀족들의 관심과 이익을 대변하는 보수적 신문으로 변했으며, 10월 혁명(1917년) 직후 폐간되었다.
[++] **코스트로마** : 러시아 모스크바 북서쪽에 위치한 도시.
[+++] **사라토프** : 러시아 중남부 지역의 볼가 강 연안에 위치한 도시.

못하셨다니 정말 안타까울 따름입니다. 얼마 전에는 아주 멋들어진 문장이 가득한 편지를 읽었는데 정말 표현력이 훌륭하더군요. 어떤 육군 중위가 자기 친구에게 보내는 편지에다 무도회를 아주 장난스럽게 묘사했는데…… '사랑하는 친구여, 내 인생은 천상 세계에서 흘러가고 있다네.' 그 다음에 이어지기를, '아가씨들은 넘쳐 나고, 음악은 흐르고, 군기는 휘날리네.' 정말 감정이 넘쳐흐르는 문장 아닙니까? 그래서 저는 일부러 그 편지를 빼놓았습니다. 한번 읽어 드릴까요?

시장 아니, 지금은 그럴 여유를 부릴 때가 아니오. 아까 말한 대로나 해 주시오. 만약 진정서나 밀고장이 발견되면 생각하고 말 것도 없이 즉시 압류하시오.

우체국장 여부가 있겠습니까!

암모스 표도로비치 이런 일도 언젠가는 꼬리가 잡히게 마련이니 조심해야 합니다.

우체국장 그럼 큰일이잖소!

시장 괜찮소, 괜찮소. 이번 일은 다르오. 만약 공무를 이런 식으로 처리하면 문제가 되겠지만, 이건 우리끼리의 사적인 일이잖소.

암모스 표도로비치 (방백)별 못된 짓을 다 하는군! (시장을 보고 웃으며) 시장님, 실은 제가 오늘 강아지 한 마리를 선물해 드릴까 합니다. 시장님도 알고 계시는 수캐의 누이입니다. 체프토비치와 바르호빈스키 사이에 있었던 소송은 들어서 알고 계시겠지요? 덕분에 요즘 제가 신바람이 납니다. 사방팔방으로 개를 풀어 토끼 사냥을 하고 있으니 말이죠.

시장 이봐요, 암모스 표도로비치 판사! 내가 지금 토끼 사냥 얘기 따위에 관심이 있을 것 같소? 지금 내 머릿속은 온통 그 정체 모를 망할 놈의 관리 생각뿐이란 말이오. 금방이라도 문을 벌컥 열고 갑자기 쑥 들어선다면…….

☞3장☜

보브친스키와 도브친스키 두 사람이 숨을 헐떡거리면서 들어온다.

보브친스키　비상 사태입니다!

도브친스키　놀라운 소식이에요!

일동　뭐요? 무슨 일이요?

도브친스키　예상하지 못한 일이 생겼습니다. 우리가 여관에 갔는
데…….

보브친스키　(말을 가로채며) 표트르 이바노비치와 함께 여관에 갔는
데…….

도브친스키　(말을 가로채며) 이보게, 표트르 이바노비치! 내가 말하
겠네.

보브친스키　아니, 내가 하겠네. 미안하지만 그렇게 하게 해 줘. 자
네는 말주변도 없잖아.

도브친스키　자넨 말하는 도중에 자꾸 옆길로 빠져, 무슨 말을 하려
고 했는지도 깜박깜박하잖아.

보브친스키　아니, 다 기억해. 기억해 낸다니까! 맹세하겠네. 그러
니 제발 방해하지 말고 좀 내버려 두게. 방해하지 말란 말이
야! 자, 자, 여러분, 여기 표트르 이바노비치가 훼방 놓지 못

하도록 좀 도와 주세요.

시장   얼른 좀 말해 보게. 대체 무슨 일인가? 가슴이 다 답답하구먼. 여러분, 모두 자리에 앉으세요! 자, 자, 의자들을 가져와요! 표트르 이바노비치, 여기 자네 의자가 있네!

모두들 두 명의 표트르 이바노비치 주위를 둘러싸고 자리에 앉는다.

시장   그래? 대체 무슨 일인가?

보브친스키   가만, 가만 좀 있어 보세요. 제가 차근차근 말씀드릴게요. 그러니까 시장님이 그 편지를 받고 당황해하시는 걸 보고, 제가 나가서 좀 더 자세히 알아봐야겠다고 마음먹었습니다. 그러니까 말입니다, 그런 생각이 들자마자 한 걸음에 달려간 거죠……. 제발 끼어들지 말게, 표트르 이바노비치. 내가 다 알고 있으니까. 그래서 제가 어떻게 했는지 아십니까? 먼저 카로브킨의 집으로 냅다 달려갔죠. 아, 그런데 카로브킨이란 친구가 집에 없지 뭡니까. 그래서 라스타코프스키에게로 발걸음을 돌렸는데 그가 집에 없어서 여기 계신 이반 쿠즈미치 우체국장에게 들렀습니다. 그리고 우체국에서 나오다가 표트르 이바노비치와 만났는데…….

도브친스키   (말을 가로채며) 파이 가게 근처였지.

보브친스키   파이 가게 근처에서 말이죠. 표트르 이바노비치를 만

나서는 이렇게 말했습니다. "이보게, 시장님이 믿을 만한 소식통으로부터 받았다는 그 편지 내용에 대해 들었는가?" 그런데 표트르 이바노비치는 시장님 댁 하녀인 아브도치야에게 들어 이미 알고 있더군요. 무슨 일인지 모르겠지만 아브도치야가 필립 안토노비치 파치추예프 집으로 심부름을 갔다는 겁니다.

도브친스키 (말을 가로채며) 프랑스 산(産) 보드카를 담을 술통을 구하러 간 게지.

보브친스키 (도브친스키를 팔로 밀쳐내며) 프랑스 산 보드카를 담을 술통을 구하러 간 겁니다. 그래서 표트르 이바노비치와 함께 파치추예프의 집으로 갔습니다……. 표트르 이바노비치! 제발 끼어들지 말게, 제발 끼어들지 좀 말란 말이야! 그런데 파치추예프의 집으로 가는 길에 표트르 이바노비치가 이런 말을 했습니다. "여관에 있는 식당에 좀 들렀다 가세. 지금 내 뱃속이 말이야 아침부터 아무것도 못 먹었더니 아주 난리가 났네, 지금쯤 여관으로 싱싱한 연어가 배달되었을 테니 맛이나 보고 가세." 그래서 우리가 여관으로 들어갔는데 갑자기 웬 젊은이가…….

도브친스키 (말을 가로채며) 꽤 반반한 얼굴에 사복을 입은…….

보브친스키 꽤 반반한 얼굴에 사복을 입은 젊은이가 서성거리고 있었습니다. 뭔가 골똘히 생각하는 표정이었는데, 용모하며 행동거지하며……. 참, 그리고 무엇보다도 바로 여기, (이마 주위에 손을 빙글빙글 돌려 댄다) 머릿속에 아주 많은 게 들어 있는 듯했어요. 그래서 저는 뭔가 짚이는 바가 있어 표트르 이바노비치에게 말했죠. "이거 뭔가 심상치 않은걸." 아, 그런데 표트르 이바노비치가 벌써 손짓을 해서 여관 종업원 블라스를 불러 버렸지 뭡니까. 3주일 전에 블라스의 마누라가 애를 낳았는데, 정말 날쌘 사내아이랍니다. 아마 아비처럼 여관을 잘 꾸려 나갈 겁니다. 표트르 이바노비치가 블라스에게 넌지시 물어 보았습니다. "저 젊은이는 누군가?" 그랬더니 블라스가 "저 사람은……" 하고 대답을 하는데……. 표트르 이바노비치! 제발 끼어들지 말라니까 그러네, 제발 좀 끼어들지 마. 자네가 이야기하는 것이 아니잖은가. 자 맹세했네, 절대 말하지 말게! 자네 발음은 마치 뱀이 지나가듯 쉭쉭거리잖아. 자네 이 하나가 벌어져서 휘파람 소리가 난단 말이야……. 어쨌든 블라스가 대답하기를 "저 사람은 상트페테르부르크에서 온 관리라고 하는데, 이름은 이반 알렉산드로비치 흘레스타코프이고 사라토프 현으로 간다고 합니다. 그런데 행동거지가 영 이상해요. 벌써 2주째 묵고 있는데 도통 떠날 생각도 없는 것 같고 죄다 외상으로 그어 대고는 한 푼도 낼 생각을 안 합니다."

이 말을 듣는 순간, 전 하늘에서 제게 계시를 내렸다는 걸 느꼈습니다. 그래서 제가 표트르 이바노비치에게 "어이!"
라고 말했는데…….

도브친스키　아닐세, 표트르 이바노비치. "어이!"라고 말한 건 날세.

보브친스키　처음엔 자네가 말하고, 그 다음엔 내가 말했지. 어쨌든
표트르 이바노비치와 함께 "어이!"라고 말했죠. 우린 의문
이 든 겁니다. '그런데 사라토프 현으로 가야 할 사람이 무
슨 이유로 여기서 계속 죽치고 있는 거지?' 바로 그겁니다!
그러니까 그 사람이 바로 그 관리라는 거죠!

시장　누가 말인가? 어떤 관리란 말인가?

보브친스키　시장님이 받은 편지에 적혀 있는 그 관리 말입니다. 검
찰관이란 말이죠.

시장　(두려움에 떨며) 자네 지금 무슨 소린가, 그럴 리가 없어! 그자
는 검찰관이 아니야.

도브친스키　그 사람이 맞습니다! 돈도 내지 않고 가지도 않고…….
대체 검찰관이 아니라면 누가 그렇게 할 수 있답니까? 여행
중에도 분명 다음 행선지가 사라토프라고 쓰여 있었습니다.

보브친스키　그 사람입니다, 그 사람이에요. 맹세컨대 그 사람이 맞
습니다. 관찰력이 매우 뛰어나고 주변을 죽 훑어보는 눈치
였습니다. 우리가 연어 먹는 모습도 살피더군요. 표트르 이
바노비치가 배가 고프다고 해서 생각보다 좀 많이 먹었는
데……. 네, 그랬어요. 그 사람이 우리 접시를 힐끔힐끔 쳐

다보지 뭡니까? 얼마나 떨리던지.

시장   신이시여, 우리의 죄를 사하여 주시옵소서! 그럼 그분은 여관의 어느 방에 묵고 계신가?

도브친스키   계단 아래에 위치한 5호실입니다.

보브친스키   작년에 우리 시를 지나던 장교들이 싸움을 벌였던 바로 그 방입니다.

시장   그런데 그분이 여기 머무른 지 얼마나 되었다고 하던가?

도브친스키   이집트의 성인 바실리 축일✛에 왔다고 하니 벌써 2주째지요.

시장   2주째라고! (방백) 하느님 맙소사! 성자들이여, 이 시련이 무사히 지나갈 수 있도록 도와 주시옵소서! 지난 2주일 동안, 하사관의 아내를 채찍으로 때리고, 구치소 수감자들에겐 끼니도 챙겨 주지 않았으니! 게다가 거리는 온통 난장판에 지저분하니! 망신살이 뻗쳤군! 수치야, 수치! (머리카락을 움켜쥔다)

아르체미 필리포비치   시장님, 다 함께 여관으로 가 봐야 하지 않을까요?

암모스 표도로비치   아니, 아닙니다. 먼저 시장님이 앞장서고, 그 다음에 성직자, 상인 순으로 가야 합니다. 여기 『프리메이슨

✛ **바실리 축일** : 러시아에서는 율리우스 시저가 만든 것으로 알려진 율리우스력(구력)을 바탕으로 정교회 축일을 지낸다. 또한 중요하고 위대한 성인들의 이름을 딴 축일을 따로 기념한다. '이집트 성인 바실리'는 러시아에서 축일을 지정하여 기리는 '바보 성인 바실리'의 이름을 따서 고골이 지어 낸 성인이다.

요한의 행적』⁺⁺이라는 책에 쓰여 있는 대로 말이죠.

시장 아니야, 아니야. 내게 맡겨 두시오. 살아오면서 그동안 여러 차례 고비를 맞았지만 모두 무사히 잘 지나갔고, 어떤 경우엔 오히려 전화위복이 된 적도 있었소. 아마 이번에도 신께서 지켜 주시리라 믿소. (보브친스키 쪽을 보면서) 아까 그자가 젊은 사람이라고 했소?

보브친스키 네. 기껏해야 스무 서너 살 정도로 보이던걸요.

시장 그나마 다행이군. 젊은것들은 그나마 파악하기가 수월한 편이지. 만약에 여우같이 늙은 관리가 왔더라면 정말 큰일이지만, 젊은 관리들은 겉으로 모든 걸 드러내니 큰 문젯거리가 아니지. 자, 여러분은 각자 자기가 맡은 일에 대한 준비를 하시오. 난 혼자 가든지 아니면 표트르 이바노비치와 함께 여관으로 가서, 우리 도시를 거쳐 가는 여행객들이 행여 불편을 겪고 있는 건 아닌지 알아보러 온 것처럼 하겠소. 어이, 스비스투노프!

스비스투노프 무슨 일이십니까?

시장 지금 당장 경찰서장을 데려오게. 아닐세, 자네는 여기 있는

⁺⁺ **프리메이슨 요한의 행적** : 프리메이슨은 18세기 초 영국에서 인도주의와 박애주의를 앞세운 세계 시민주의, 유토피아 건설을 모토로 탄생한 조합이다. 그들의 사상은 19세기 러시아 사상가들에게 많은 영향을 끼쳤다. 여기서 언급되고 있는 『프리메이슨 요한의 행적』이란 책은 실제로는 존재하지 않는다. 고골 연구자들은 18세기 초중반에 활동했던 영국의 프리메이슨 계열의 작가 존 메이슨과 성경에 나오는 사도 요한의 행적을 혼합하여 고골이 만들어 낸 것으로 추정하고 있다.

게 좋겠군. 딴 사람을 불러 최대한 빨리 경찰서장을 내게 데려오라고 전하게. 자넨 다시 이리 오도록 해.

경찰관이 황급히 뛰어간다.

아르체미 필리포비치 자, 어서 갑시다, 암모스 표도로비치 판사! 이거 정말 한바탕 일이 벌어지겠군.

암모스 표도로비치 아니, 뭘 그리 겁내는 겁니까? 당신은 환자들한테 깨끗한 모자만 씌워 놓으면 그만일 텐데.

아르체미 필리포비치 모자만 문제겠소! 환자들에게 귀리 수프를 주라는 지시가 내려왔는데, 우리 병원은 복도마다 양배추 수프 냄새가 코를 찌를 지경이오.

암모스 표도로비치 하긴 난 그런 점에서는 안심이오. 사실, 누가 지방 법원 같은 곳에 들르기나 하겠소? 혹 무슨 서류라도 보게 되면 그 사람 기분만 우울해질걸. 벌써 15년째 법원 의자에 앉아 있는 나도 서류만 들여다보면 손부터 내젓게 됩니다. 솔로몬 왕도 속기록 서류만 봐서는 어떤 것이 옳고 그른지 판단하지 못할 거요.

판사, 자선 병원장, 교육감, 우체국장이 퇴장하다가 되돌아오던 경찰관과 문가에서 맞닥뜨린다.

～4장～

시장, 보브친스키, 도브친스키, 경찰관 등장.

시장 그래, 마차는 대기시켰나?

경찰관 대기하고 있습니다.

시장 밖으로 나가서……. 아니야, 잠깐 기다려! 가서 마차를 이 곳으로 가져와. 그런데 다른 경찰관들은 다 어디 있는 거야? 자네 한 사람뿐인가? 내가 프로호로프한테 여기 있으라고 명령했건만. 프로호로프는 어디 있나?

경찰관 그는 지금 경찰서에 있습니다만 지금은 일할 만한 상태가 아닙니다.

시장 그건 또 무슨 소리야?

경찰관 곤드레만드레가 되어 있는 프로호로프를 새벽 무렵 경찰서로 데려왔는데, 벌써 물을 두 양동이나 퍼부었지만 아직까지도 술에서 깨어날 기미가 보이지 않는군요.

시장 (머리카락을 움켜쥐며) 어이구, 내가 못살아! 얼른 밖으로 나가게. 아니야, 그 전에 먼저 내 방으로 뛰어가 내 장검과 모자를 가져오게. 그럼, 표트르 이바노비치, 가세.

보브친스키 저도, 저도……. 시장님, 저도 데려가 주십시오.

시장 안 돼. 표트르 이바노비치, 곤란하네. 그리고 마차에 다 타지도 못 해.

보브친스키 괜찮습니다. 전 마차 뒤를 쫓아 뛰어가겠습니다. 전 그냥 문틈으로 그 사람이 어떻게 행동하는지 살짝 보기만 하겠습니다. 그 사람의 행동거지가 어떤지…….

시장 (장검을 받아 들고, 경찰관을 향해) 지금 당장 뛰어가서 경찰들을 불러오게. 그리고 각자……. 이런, 장검이 온통 녹슬었군! 압둘린, 이 괘씸한 장사꾼 녀석! 시장이 이렇게 낡은 검을 차고 다니는 걸 알면서도 새 검을 보내오지 않는군. 장사꾼들이란 참으로 약삭빠르다니까! 그 사기꾼 같은 자들이 벌써 비밀리에 탄원서를 준비하고 있을지도 몰라. 자, 모두 손에 길을 쥐고, 이런 젠장, 손에 길을 쥔다니 무슨 말이야! 각자 비를 하나씩 손에 쥐고 여관으로 가는 길목을 쓸도록 해. 깨끗이 쓸어야 해. 알아듣겠나? 그리고 자네 말이야! 난 자네를 잘 알아. 다른 놈들과 한통속이 되어 뇌물로 받은 은수저를 장화에 숨긴 적이 있었지! 조심해, 내가 귀를 곤두세우고 있으니!…… 그런데 상인 체르냐예프한텐 무슨 짓을 한 거야? 자네에게 제복용 양복감 두 필을 끊어 주었는데, 자네가 한 필을 홀랑 가로챘다면서? 서열로 따져도 한참 아래인 녀석이 밝히기는! 그만 가 봐!

5장

4장에 나왔던 인물들과 경찰서장 등장.

시장　아, 스테판 일리치 경찰서장, 어디 말씀 좀 해 보시오. 당신은 대체 어디로 사라졌던 거요?

경찰서장　저는 여태껏 문 밖에 있었습니다.

시장　그럼 알고 있겠구려, 스테판 일리치! 상트페테르부르크에서 관리가 왔다는 걸 말이오. 그래, 당신은 어떤 조치를 취했소?

경찰서장　네, 시장님이 지시하신 대로 했습니다. 푸고비친에게 경찰들을 딸려 보내 보도블록을 청소하라고 했습니다.

시장　그럼 제르쥬모르다는 어디 있소?

경찰서장　제르쥬모르다는 소방차를 타고 떠났습니다.

시장　프로호로프는 여전히 만취 상태요?

경찰서장　네.

시장　당신은 그자가 그 지경이 되도록 그냥 내버려 두었단 말이오?

경찰서장　정말 알다가도 모를 일입니다. 어제 시 외곽에서 싸움이 일어나 치안 유지를 위해 프로호로프가 현장으로 달려갔는데, 그만 고주망태가 되어 돌아왔습니다.

시장 그럼, 이렇게 합시다. 푸고비친은…… 그자는 키가 크니 길을 정리하도록 다리 위에 세워 두시오. 그리고 구둣방 근처에 있는 낡은 울타리도 빨리 치워 버리고 구역 정리를 하는 것처럼 보이도록 팻말을 만들어 세우시오. 벌려 놓은 일이 많을수록 시장이 열심히 일을 하고 있는 것처럼 보일 테니. 이런, 맙소사! 아까 그 구둣방 울타리 근처에 온갖 쓰레기를 잔뜩 실은 짐마차가 마흔 대가량이나 늘어서 있다는 사실을 깜빡했군. 대체 어떤 놈들이 그따위 짓을 한 건지. 하여간 무슨 동상을 세우거나 단지 울타리만 세우려 해도, 다들 어디서 쓰레기를 가져오는지 산더미처럼 쌓아 놓는다니까! (한숨을 내쉰다) 만약 그 관리가 생활이 만족스럽냐고 물어보거든 다들 "네, 만족스럽습니다, 각하!" 하고 대답하도록 교육시켜 놓으시오. 만약 불만을 토로하는 놈들이 있다면 내가 나중에 반드시 앙갚음을 할 것이오……. 오, 오, 호, 호, 흐! 난 죄 많은 인간이야, 정말 죄 많은 인간이야. (모자 대신 종이 상자를 집어 든다) 신이시여! 제발 이 일에서 빨리 벗어날 수 있게 해 주소서. 그럼 제가 은혜에 보답하기 위해 여지껏 아무도 바친 적이 없는 커다란 양초를 교회에 헌납하겠나이다. 그 사기꾼 같은 상인 놈들에게 밀랍 3푸드⁺씩 걷어야겠군!

✚ **푸드** : 구 러시아의 중량 단위. 1푸드는 16.38킬로그램이다.

아, 미치겠군, 미치겠어! 자, 갑시다, 표트르 이바노비치! (모자 대신 종이 상자를 쓰려고 한다)

경찰서장 시장님, 그건 모자가 아니라 종이 상자입니다.

시장 (종이 상자를 내던진다) 상자는 상자로군. 빌어먹을 상자 같으니! 그리고 만약에 말이오, 한 5년 전쯤에 정부 예산을 받아 짓기로 한 자선 병원 산하의 교회가 왜 안 보이냐고 묻거든, 교회를 짓기 시작하자마자 그만 불타 버렸다고 대답하시오. 내가 상부에 그렇게 보고를 올렸으니. 혹시 누군가가 그 사실을 깜빡 잊고, 교회 짓는 일은 아예 시작한 적도 없다고 멍청하게 대답하면 큰일 나는 거요! 그리고 참, 제르쥬모르다에게 주먹을 함부로 휘두르고 다니지 말라고 하시오. 그 자는 치안을 유지해야 한다며 무고한 사람이나 죄진 놈이나 할 것 없이 눈에 쌍심지를 켜고 죄다 추궁을 해 대거든. 자, 갑시다, 표트르 이바노비치. (나가다가 다시 들어온다) 그리고 군인들은 이유 여하를 막론하고 단 한 명도 밖으로 내보내지 마시오. 이 쓸모없는 군인들은 와이셔츠 위에 제복 상의만 달랑 걸치고는 아랫도리는 입지도 않은 채 돌아다닐 족속들이야.

모두 퇴장한다.

6장

안나 안드레예브나와 마리야 안토노브나가 무대로 뛰어들어온다.

안나 안드레예브나　아니, 대체 다 어디에 있는 거야? 내가 못산다니
까……. (문을 열면서) 여보! 안토샤! 안톤! (빠르게 말한다) 당
신 준비 다 됐어요? 나는 다 됐단 말이에요. 지금 따라 나갈
게요. 자, 이제 장식품을 좀 찾아볼까. 브로치는 여기에 있
고, 스카프도 여기에 있고……. (창가로 달려가서 소리친다) 안
톤, 어디요? 어디로 간다고요? 잘 안 들려요. 뭐라고요, 검
찰관이 왔다고요? 콧수염을 기른 사람이라고요? 콧수염이
무슨 모양이래요?

시장의 목소리　나중에, 나중에, 여보!

안나 안드레예브나　나중이라니요? 나중에 듣는 소식도 있답니까?
난 지금 듣고 싶은데……. 그냥 딱 한마디만 해 주면 될 것
을……. 대체 어떤 사람인가요? 대령인가요? 어머? (무시하
듯이) 그냥 가 버렸잖아. 홍, 가만두지 않겠어! (딸에게) 이렇
게 된 건 모두 너 때문이야. "엄마, 엄마, 잠깐만요, 스카프
뒤쪽에 핀 좀 꽂고요, 지금 나가요"라고 말한 게 대체 언제
니! 그럼 그렇지, 네 말을 믿은 게 잘못이지. 온갖 예쁜 척은

다 하더니 결국 일을 이렇게 그르치는구나. 우체국장이 여기 있다는 얘기를 듣자마자 거울 앞에서 이쪽저쪽 비춰 보며 모양을 내는 꼴이라니……. 넌 그 사내가 너에게 반한 줄 아는 모양인데 그자는 네가 돌아서기만 하면 얼굴을 찌푸린단 말이야.

마리야 안토노브나 그래서요, 엄마? 어쨌든 상관없잖요? 두 시간 후면 모든 걸 다 알 수 있을 텐데.

안나 안드레예브나 두 시간 후라고! 그렇게 대답해 주니 고마워서 눈물이 날 지경이구나. 차라리 한 달 후에는 훨씬 더 자세히 알게 될 거라고 말하지! (창문 밖으로 몸을 쭉 내민다) 아브도치야! 아브도치야, 혹시 누가 왔다는 말 못 들었어? 못 들었다고? 요런 맹추 같은 년! 손은 왜 그렇게 휘젓고 난리야? 너라도 이 도시에 왔다는 그 관리에 대해 좀 알아 보면 얼마나 좋아! 그런 것도 알아내지 못하고 뭐 하고 있었던 거야? 하긴 머릿속이 온통 시시껄렁한 얘기와 사내들 만날 궁리로만 꽉 차 있으니……. 뭐라고? 곧 떠날 거라고? 그럼 마차를 쫓아가 보면 될 것 아냐. 지금 당장! 내 말을 듣고 있는 거야? 냉큼 뛰어가서 이것저것 알아봐! 뭐 하는 사람인지, 어떤 사람인지 그런 걸 알아보란 말이야. 문틈으로 살짝 엿보면서 하나도 빠짐없이 다 알아와. 눈동자 색이 검은빛인지 아닌지까지 다 알아오라고! 잽싸게 다녀와, 알겠지? 어서 어서, 서

둘러, 서두르라고! (막이 내려갈 때까지 소리를 질러 댄다)

막이 내려가면서 창가에 서 있는 안나 안드레예브나와 마리야 안토노브나를 가린다.

제2막

여관의 작은 방

1장

방에는 침대, 책상, 여행용 가방, 빈 병, 장화, 옷솔, 기타 물건들이 놓여 있고 오시프가 주인 침대에 누워 있다.

오시프 빌어먹을, 배고파 죽겠군. 뱃속이 꾸르륵 요동치는 것이 마치 연대 전체가 나팔을 불어 대는 것 같군. 이러다간 집에 돌아가지도 못하겠어! 우리 나리께서는 또 무슨 명령을 내리시려나? 상트페테르부르크를 떠나온 지도 벌써 두 달째인데! 돈은 여행길에서 다 써 버리고 이젠 옴짝달싹 못 하고 꼬리를 내리고 있으니. 그런 짓거리만 하지 않았더라도 집에 돌아갈 여비 정도는 남아 있을 텐데. 아니지, 우리 나리란 작자는, 어느 도시를 가나 허세를 떨어야만 직성이 풀리는 사람이야. (비웃듯이 자기 주인을 흉내 낸다) "어이, 오시프, 가서 제일 좋은 방 좀 알아보고 와. 식사도 가장 좋은 걸로 주문해 놓고. 난 맛대가리 없는 음식은 못 먹으니까 가장 좋은 음식으로 시켜." 내세울 만한 것도 없는 하찮은 하급 관리 주제에 말이야. 게다가 오다가다 만난 녀석들과 어울려 카드 판이나 벌이고, 거기다 아주 끝장을 보지! 어이구, 이제 나도 지긋지긋하다니깐. 차라리 시골 마을에 있는 편이 더 낫겠어. 뭐, 사람들과 어울려 사는 재미는 없겠지만 신경 쓸 일은 훨씬 적을 거 아냐! 여편네나 하나 얻어서 날마다 침대 위에서 뒹굴며 파이나 먹어 댄다 해도 누가 와서 시비 나 걸겠어! 하긴 솔직히 말하면 상트페테르부르크에 사는 게 훨씬 좋지. 돈만 있으면 고상하고 세련된 생활을 누릴 수 있으니 말이야. 극장엘 가든 개들을 불러 춤을 추든, 뭐든 원하는 대로 다 할 수 있잖아. 귀족 나리 못지않게 고상한 말도 쓸 수 있고, 슈킨 시장에 가면 장사치들이 "나리!"라고 불러 주고, 나루터에서는 관리들과 나란히 배에 앉을 수도 있고, 말 상대가 아쉬울 때는 공원 벤치로 가면 되지. 거기 가면 훈장을 단 병사가 병영 생활에 대해 이야기를 들려 주고, 하늘의 별들도 저마다 지니고 있는 사연에 대해 말해 주 거든. 눈앞에서 펼쳐지듯 생생하게 말이야. 늙은 장교 마누 라가 어슬렁대기도 하고, 간혹 반반하게 생긴 하녀가 기웃 거리기도 하겠지……. 흐흐흐! (슬그머니 웃으면서 고개를 젓는 다) 젠장! 상트페테르부르크만큼 사람을 정중하게 대하는 곳 은 없을 거야! 다들 깍듯하니까 예의에 어긋나는 말은 절대 들을 일이 없잖아. 걷는 게 지겨워지면 마부를 불러서 귀족 처럼 마차를 타는 거야. 마차 삯을 내기 싫으면 그것도 마음 대로 하면 되지. 어느 집이나 사람들이 들고나는 샛문이 있 으니 혹시라도 봉변당하는 일이 없도록 잽싸게 뛰어들면 그만이고.

사실 딱 한 가지 나쁜 점이 있긴 해. 어떤 때는 호사스런 만찬을 배 터지게 먹지만 또 어떤 때는 참기 힘들 정도로 배고픔에 시달린다는 거지, 바로 지금처럼 말이야. 이건 모두 주인 탓이야. 대체 이 인간을 어쩐다? 큰 나리께서 돈을 보내주시면 어떻게든 그걸 손에 쥐고 있어야 하는데……. 그런데 도대체 이 양반은 어디에 간 거야? 매일같이 마차를 타고 돌아다니면서 극장표나 구하러 다니고. 보아하니, 1주일만 지나면 새로 산 연미복도 벼룩시장에 내다 팔아야 될 판이구만. 이러다가 마지막 셔츠 한 장까지 다 팔아먹고 연미복과 외투만 남는 건 아닌지 몰라. 분명 내 생각이 맞을걸. 귀한 영국제 옷감으로 만든 그 연미복은 150루블은 족히 나갈텐데, 시장에 내다팔면 20루블이나 받으려나. 그러니 바지 따위는 말할 필요도 없지. 그냥 헐값에 넘겨주고 말 거야. 왜냐고? 나리란 작자가 도통 일을 하지 않기 때문이지. 일하러 가는 대신 거리나 싸돌아다니면서 카드 놀이나 하고 있으니. 으이그, 큰 나리께서 이런 사실을 아시기라도 해 보라지. 그야말로 경을 칠 일이지! 큰 나리께서는 작은 나리가 관리든 아니든 상관없이 셔츠를 걷어 올리고 사정없이 내리치실걸. 그럼 분명 나흘은 옴짝달싹 못 하고 누워 있어야 할 거야. 기왕 직장에 나갈 거라면 제대로 하든지. 이젠 여관 주인마저도 여태까지 먹었던 음식 값을 내기 전에는 식사를 줄 수 없다고 하니 큰일이야. 그런데 정말로 음식 값을 못 내면 어쩐다? (한숨을 내쉬면서) 아이고, 하나님 아버지! 양배추 수프라도 있으면 좋으련만! 지금 같아서는 이 세상을 통째로 먹어치울 수도 있을 것 같아. 흠, 발소리가 나는군. 그 인간이 오는 게 틀림없어. (서둘러 침대에서 뛰어 내려온다)

2장

오시프와 흘레스타코프 등장.

흘레스타코프　자, 이거 좀 받아. (챙 달린 모자와 지팡이를 건넨다) 아니, 또 침대에서 뒹굴고 있었던 거야?

오시프　참, 제가 왜 침대에서 뒹굴겠어요? 제가 뭐 침대를 처음 보기라도 했답니까?

흘레스타코프　거짓말하지 마. 침대에서 뒹굴고 있었어. 이것 봐, 침대가 엉망이잖아.

오시프　대체 제게 침대가 무슨 소용이랍니까? 정말로 제가 침대가 뭔지도 모르는 사람처럼 보입니까? 전 두 다리가 멀쩡합니다. 이렇게 잘 서 있지 않습니까? 제게 나리의 침대가 왜 필요하겠습니까?

흘레스타코프　(방 안을 서성인다) 거기 종이 봉지 속에 담배가 있는지 나 좀 살펴봐.

오시프　담배라니, 그런 게 있을 턱이 있나요! 마지막 담배를 피운 지 벌써 나흘이나 됐습니다.

흘레스타코프　(왔다 갔다 하면서 입술을 잘근잘근 씹어 댄다. 그러다가 대단한 결심이라도 한 듯 단호하게 말한다) 이것 봐, 아이, 오시프!

오시프　왜요?

흘레스타코프　(우렁차지만 다소 망설이는 목소리로) 거기 좀 가 봐.

오시프　어디요?

흘레스타코프　(전혀 단호하지도 우렁차지도 않은, 거의 애원에 가까운 목소리로) 아래층에 있는 식당에…… 거기 가서…… 식사 좀 갖다 달라고…….

오시프　가기 싫은데요.

흘레스타코프　뭐가 어째? 멍청한 놈 같으니!

오시프　설령 제가 갔다온들 별수 있겠어요? 여관 주인이 더 이상 식사를 줄 수 없다고 했어요.

흘레스타코프　식사를 안 주다겠니? 어쩌자고 그런 배짱을 부리는 거야? 그런 엉터리가 어디 있어!

오시프　게다가 이런 말도 하더군요. "당신 주인이란 자는 벌써 2주일 동안이나 돈 낼 생각을 않고 있으니 시장님을 찾아가야겠어. 당신이나 당신 주인이란 작자는 둘 다 사기꾼이야. 특히 당신 주인은 협잡꾼이 분명해. 당신들 같은 건달패나 불한당들의 속셈을 잘 알지."

흘레스타코프　그래, 지금 나한테 그렇게 이야기하고 나니 고소하냐? 이런 돼먹지 못한 놈!

오시프　또 이런 말도 하더군요. "당신들을 이대로 놔 두면 별별 녀석들이 다 몰려들어 실컷 먹고선 빚이나 잔뜩 남길 게 뻔해. 그럼 나중엔 쫓아내지도 못하고 나만 괴롭게 되지. 지금 내가 농담하는 거 아니니 잘 들어 둬! 당장 고발해서 경찰서 유치장에 처넣고 말겠어."

흘레스타코프 그만, 그만 해! 이런 멍청이 같으니. 됐어, 이제 그만 하고 여관 주인한테 가서 음식이나 좀 달라고 해. 이런 짐승만도 못한 녀석!

오시프 차라리 여관 주인을 나리께 데려오는 편이 낫겠군요.

흘레스타코프 여관 주인은 불러서 뭘 하게? 네가 직접 가서 그렇게 말하란 말이야.

오시프 하지만 나리, 정말로……

흘레스타코프 갔다 오라면 갔다 오는 거야. 망할 자식! 그럼 여관 주인을 불러와.

오시프 퇴장한다.

54

3장

흘레스타코프 혼자 등장.

흘레스타코프　　정말 배고파 미치겠군. 시장기가 가실까 싶어서 조금 돌아다녔건만, 빌어먹을, 전혀 가시지 않았어! 펜자[✛]에서 술만 퍼마시지 않았더라도 집에 갈 여비는 남았을 텐데. 그 보병 장교 놈이 나를 완전히 속였어. 교활한 녀석, 카드 빼는 솜씨가 보통이 아니야. 고작 15분가량 앉아 있었는데 판을 싹 쓸어 버리다니. 그래도 그자와 다시 한 판 붙어 보고 싶은 마음이 간절하군. 그럴 기회는 다시 오지 않겠지. 빌어먹을 촌구석 같으니! 야채 가게조차도 외상으론 아무것도 주지 않으니 너무 치사하잖아.

처음에는 「로베르뜨」 중에서 한 곡을, 다음에는 「어머니, 내 옷을 뜨지 마세요」를, 마지막에는 이도저도 아닌 노래를 휘파람으로 분다.

흘레스타코프　　왜 아직 아무도 안 오는 거야!

✛ **펜자** : 모스크바 남쪽에 위치한 도시.

4장

흘레스타코프, 오시프, 여관 종업원 등장.

종업원　주인님이 무슨 일인지 여쭙고 오라 하셨습니다.

흘레스타코프　이보게, 잘 있었나! 그래, 어떤가, 건강한가?

종업원　덕분에요.

흘레스타코프　그래, 그렇군. 여관은 어때? 다 잘 돌아가고 있는가?

종업원　네, 덕분에 잘 되고 있습니다.

흘레스타코프　손님들이 많은가 보군?

종업원　네, 좀 많은 편이지요.

흘레스타코프　이보게, 저기 말일세, 식당에서 지금까지 나한테 음식을 내오지 않고 있네. 그러니 말일세, 최대한 빨리 음식을 내오도록 재촉 좀 해 주게. 빨리 식사를 마친 후에 할 일이 있어서 말이지.

종업원　알겠습니다만, 주인님이 더 이상은 음식을 내 드리지 말라고 했는데요. 아무래도 오늘은 주인님이 시장님을 찾아가 고발을 하려는 모양입니다.

흘레스타코프　고발? 무슨 고발을 하겠다는 거야? 이보게, 자네도 한번 생각해 봐. 어떻게 이런 일이 있을 수 있단 말인가? 난

정말 뭘 좀 먹어야 해. 이러다간 굶어 죽겠어. 난 너무 배가
고프단 말일세. 농담이 아니야.

종업원   그러시겠죠. 하지만 여태까지 밀린 외상 값을 내기 전에는
식사를 주지 말라고 했습니다. 주인님의 대답은 뻔합니다.

흘레스타코프   그러니까 자네가 주인을 잘 구슬러 봐.

종업원   주인님에게 뭐라고 할까요?

흘레스타코프   내가 뭘 좀 먹어야 한다는 걸 진지하게 얘기해 보란
말일세. 돈은 어떻게든 마련되지 않겠나……. 자네 주인은
자기가 하루쯤 굶어도 괜찮으니까 다른 사람도 그런 줄 아
나 보지? 참으로 대단하군!

종업원   알겠습니다. 말씀드려 보죠.

∽5장∾

흘레스타코프 혼자 등장.

흘레스타코프　　하지만 여관 주인이 먹을 걸 전혀 주지 않는다면 진짜 큰일인걸. 이렇게 배고파 보기는 생전 처음이군. 옷이라도 팔아서 먹을 걸 좀 마련해야 되는 게 아닐까? 바지라도 팔아 볼까? 아니야, 차라리 굶더라도 상트페테르부르크 풍 옷을 입고 집에 돌아가는 편이 낫지. 이오힘[+]이 마차를 빌려 주지 않는다니 유감이군. 빌어먹을! 집에 돌아갈 때 사륜 마차를 타고 갈 수 있다면 얼마나 좋아. 마차에 올라앉아 등불이 환하게 켜져 있는 이웃 지주 집 현관으로 위풍당당하게 미끄러지듯 들어간다면 얼마나 멋질까. 뒤에는 제복을 차려 입은 오시프를 세워 놓고 말이지. 그럼 모두들 "이게 누구야, 무슨 일이야?" 하고 놀라 나자빠지겠지. 그런 다음 금빛 제복을 차려입은 시종이 들어가서는 (팔을 쭉 펴서 시종 흉내를 낸다) "상트페테르부르크에서 오신 이반 알렉산드로비치 흘레스타코프이십니다. 면회를 허락하시겠습니까?"라

[+] **이오힘** : 상트페테르부르크에서 활동하던 유명한 마차 제작인.

고 말하는 거지. 아마 그 촌놈들은 "면회를 허락한다"는 말이 무슨 뜻인지도 모를 거야. 그때 만약 어떤 시골 지주가 찾아온다면, 사람들이 북적대며 나를 구경하는 통에 분명 그 곰처럼 미련한 양반은 제대로 대접도 받지 못한 채 곧장 거실로 가야할걸. 그러면 나는 예쁘장하게 생긴 딸한테 다가가서 "아가씨, 제가 얼마나……." (두 손을 비비고 양 발을 살짝 끌어 가볍게 부딪치며 경례를 한다) 퉤! (침을 뱉는다) 제기랄! 얼마나 배가 고픈지 구역질이 다 나는군.

∽6장∽

흘레스타코프와 오시프가 등장하고, 그 뒤를 따라 여관 종업원 등장.

흘레스타코프   무슨 일이야?

오시프   식사를 가져오고 있는데요.

흘레스타코프   (손뼉을 치면서 의자에서 살짝 일어난다) 가져온다! 가져온 다고! 가져온단 말이야!

종업원   (접시와 냅킨을 내주면서) 주인님이 이게 마지막 식사라고 전 하랍니다.

흘레스타코프   그래, 주인이라…… 너의 그 잘난 주인이 어떻게 나 오든 난 상관없어! 그래 뭘 가져왔지?

종업원   수프와 구운 고기입니다.

흘레스타코프   뭐야, 달랑 이거 두 접시뿐이야?

종업원   네, 그것뿐입니다.

흘레스타코프   이런 치사한 인간을 봤나! 난 이걸 먹을 수 없네. 가 서 주인에게 말하게. 이게 정말 뭐냐고! 이건 너무 적잖아!

종업원   아닙니다. 주인님은 이것도 너무 많다고 하시던데요.

흘레스타코프   그런데 소스는 왜 없는 거야?

종업원   소스는 없습니다.

흘레스타코프   소스가 왜 없어! 아까 주방 옆을 지나가면서 보니 많이 있더구먼. 아침에 식당에서 웬 땅딸막한 남자 둘이서 연어니 뭐니 이것저것 많이 먹었잖아.

종업원   네, 아마도 그랬을 겁니다. 하지만 지금은 없습니다.

흘레스타코프   어째서 없지?

종업원   이미 다 먹었는걸요.

흘레스타코프   연어니 생선이니 커틀릿까지 모두 다?

종업원   네, 그건 좀 더 상류층 분들을 위한 음식입니다.

흘레스타코프   아니, 이런 멍청한 놈이 있나!

종업원   네, 맞습니다.

흘레스타코프   이런 돼지 새끼만도 못한 녀석을 봤나……. 어째서 그자들은 먹고, 나는 못 먹는다는 거야? 이런 젠장, 어째서 내가 그자들처럼 먹을 수 없다는 거지? 그자들이나 나나 지나가는 손님이긴 마찬가진데.

종업원   마찬가지가 아니라는 건 확실합니다.

흘레스타코프   대체 어떤 작자들인데?

종업원   그냥 상식이 통하는 분들이죠! 적어도 그분들은 확실하게 계산을 해 주니까요.

흘레스타코프   난 너처럼 멍청한 놈과 입씨름하고 싶지 않아. (수프를 떠서 먹는다) 무슨 수프 맛이 이 모양이야? 네 놈이 수프 그릇에다 물만 부어 왔지? 아무 맛도 없고 이상한 냄새만 나잖

아. 난 이따위 수프는 먹고 싶지 않아. 다른 수프를 내와!

종업원　　그럼 그냥 가져가겠습니다. 먹고 싶어하지 않으면 아직 배가 덜 고픈 거라고 주인님이 말씀하셨습니다.

흘레스타코프　　(손으로 음식을 에워싸면서) 잘났다, 잘났어, 잘났다고……. 이제 그만 해, 이 멍청아! 다른 사람들을 상대하면서 그런 습관이 몸에 밴 모양인데, 난 말이야, 그런 종류의 인간들과는 다른 사람이야! 그따위 말버릇은 그만두는 게 좋을걸. (먹는다) 이런 젠장, 이것도 수프야? (계속 먹는다) 이따위 수프를 먹어 본 사람은 이 세상에 아무도 없을 거야. 기름기 대신 웬 깃털들만 둥둥 떠다니잖아. (닭고기를 자른다) 에잇, 에잇, 에잇, 닭고기는 왜 또 이 모양이야! 거기 구운 고기 좀 줘 봐! 오시프, 여기 수프가 좀 남았으니 먹도록 해. (구운 고기를 자른다) 이게 정말 구운 고기란 말이야? 이건 고기도 아니야!

종업원　　고기가 아니면 뭐라는 말씀이죠?

흘레스타코프　　그걸 내가 어떻게 알아. 어쨌든 고기는 분명 아니야. 이건 고기가 아니라 도끼자루를 구워 놓은 것 같군. (먹는다) 이런 날도둑 놈들을 봤나, 대체 나한테 뭘 먹으라고 준 거야! 이런 건 한 조각만 먹어도 턱뼈가 빠지겠군. (손가락으로 이를 쑤신다) 나쁜 놈들! 나무껍질처럼 뻣뻣한 것이 이 사이에 껴서 도무지 빠질 생각을 안 하잖아. 이런 걸 먹다가는 이빨

까지 다 시커멓게 되겠다, 이 사기꾼 놈들아! (냅킨으로 입을
닦는다) 이제 더 이상 나올 게 없나?

종업원   없습니다.

흘레스타코프   이런 날도둑 놈들! 천하에 나쁜 놈들! 그래도 소스나
파이 정도는 좀 내와야 하는 거 아냐. 에라, 이 날도둑 놈들
아! 손님한테 바가지 씌울 생각이나 하고 있으니.

종업원 식탁을 치우고 오시프와 함께 접시를 들고 나간다.

7장

흘레스타코프가 등장하고, 그 뒤를 따라 오시프 등장.

흘레스타코프 뭐야, 도대체 먹은 것 같지도 않군. 금세 또 허기가 지는군. 잔돈이라도 좀 있으면 오시프한테 시장에 가서 빵이라도 사 오라고 할 텐데.

오시프 (들어온다) 바깥에 시장이라는 사람이 찾아와서 나리에 대해 꼬치꼬치 캐묻고 있는데요.

흘레스타코프 (놀라면서) 드디어 일이 터졌구나! 그 망할 놈의 여관 주인이 그 새를 못 참고 고발을 했나 보군! 정말 그 주인 놈이 나를 감옥에 처넣으면 어쩐다? 만약 법대로 하자고 나온다면……. 장교들과 사람들이 시내에 돌아다니고 있는데, 괜스레 내가 먼저 치근대면서 장사꾼 딸에게 추파까지 던졌으니……. 아니야, 안 돼……. 그런데 그 주인 놈은 어떻게 감히 이런 일을 벌일 수 있지? 나를 무슨 장사꾼이나 직공 따위로 생각하는 거야? (기운을 내어 자세를 가다듬는다) 그래, 그 주인이란 작자한테 직접 따져야겠어. "당신이 감히 어떻게 나한테 이럴 수 있어? 어떻게 이럴 수 있냐고?" (방문 손잡이가 돌아가자 하얗게 질려서 몸을 잔뜩 웅크린다)

ᵜ8장ᵜ

흘레스타코프, 시장, 도브친스키 등장. 시장이 방 안에 들어서고, 흘레스타코프와 시장은 둘 다 겁을 먹은 듯 잠시 눈이 휘둥그레져서 서로를 쳐다본다.

시장　(정신을 차리고 차렷 자세로 악수를 청하며) 처음 뵙겠습니다.

흘레스타코프　(머리를 숙이면서) 아, 예, 안녕하십니까?

시장　초면에 실례합니다.

흘레스타코프　별 말씀을요.

시장　저는 이 도시의 시장입니다. 우리 시를 거쳐 가는 여행객들과 귀한 손님들이 불편한 점은 없는지 살펴보는 것이 제 임무라서…….

흘레스타코프　(처음에는 약간 우물쭈물대다가 말이 끝날 때쯤 우렁차게 말한다) 그래서 어쩌자는 거죠? 난 잘못한 게 없습니다. 난, 물론, 돈을 낼 거구……. 고향 집에서 곧 내게 돈을 보내올 겁니다. (도브친스키가 문틈으로 몰래 엿본다) 잘못이 있다면 나보다 여기 주인이 더 많단 말입니다. 통나무같이 질기고 딱딱한 고기를 먹으라고 내오질 않나, 게다가 수프는 대체 뭘 넣고 끓였는지 입에 댈 수도 없어요. 내가 그걸 창문 너머로 던져 버렸어야 했는데……. 여관 주인이란 작자가 매일같

66

이 나를 굶기면서 얼마나 괴롭히는지……. 차 맛도 어찌나 이상한지……. 생선 비린내가 나서 도무지 마실 수도 없는 걸 차라고 내놓으니. 내가 왜 이런 수모를……. 정말 어처구니가 없군요!

시장 (겁먹은 표정으로) 죄송합니다. 하지만 제 잘못은 아닙니다. 우리 시에서 파는 고기는 항상 신선합니다. 홀모고르이의 상인들이 차로 실어 오는데 성실한 사람들이라 부정한 짓을 할 리가 없어요. 여관 주인이 어디서 그런 고기를 가져왔는지 알 수가 없군요. 혹시 여기 머무르는 것이 불편하시다면…… 저와 함께 다른 집으로 옮겨 가시는 건 어떻습니까?

흘레스타코프 아뇨, 됐습니다. 다른 집으로 옮겨가자는 게 뭘 의미하는지 압니다. 감옥으로 가자는 말 아닌가요? 그런데 당신은 무슨 권리로 내게 그런 말을 하는 거죠? 어떻게 감히 내게……. 나로 말할 것 같으면……, 난 상트페테르부르크에서 근무하고 있습니다. (거만하게) 나는, 나는, 나는 말이요…….

시장 (방백) 이런, 맙소사, 화가 단단히 났군! 다 알고 있잖아. 그 망할 놈의 장사꾼 녀석들이 벌써 다 불었나?

흘레스타코프 (거들먹거리며) 당신이 설령 부하들을 모두 끌고 온다 하더라도 난 한 발짝도 안 움직여요! 난 곧장 장관님께 갈 겁니다! (주먹으로 책상을 내리친다) 당신 대체 뭐 하는 사람입

니까! 대체 뭘 하기에…….

시장　(차렷 자세로 서서 온몸을 부들부들 떨며) 용서해 주시기 바랍니
다, 제발 살려 주십시오! 저는 처자식이 딸린 몸입니다. 부
디 저를 불행한 인간으로 만들지 마십시오.

흘레스타코프　아니, 그러고 싶지는 않아요. 그건 내가 원하는 바가
아니오. 그런데 대체 내게 무슨 볼일이 있는 거죠? 당신 처
자식을 생각해서 나더러 감옥에 가란 말입니까? 그것 참 볼
만하겠군요!

보브친스키가 문 쪽을 기웃거리다가 깜짝 놀라 숨는다.

흘레스타코프　매우 감사한 말씀이나 사양하겠습니다.

시장　(부들부들 떨며) 제가 경험이 부족해서, 정말이지, 경험이 부
족해서 그렇습니다. 그동안 모아 놓은 재산도 없습니다. 공
무원들 월급이라는 게 차에 설탕 한 스푼 넣어 먹기도 힘들
만큼 빠듯하다는 걸 좀 헤아려 주십시오. 뇌물이랍시고 들
어오는 것도 정말 하찮은 것들뿐입니다. 기껏해야 식탁에
올라갈 음식이나 양복 한 벌 정도지요. 제가 시장에서 장사
를 하고 있는 하사관의 미망인에게 자국이 남을 정도로 채
찍질을 했다는 말은 저에 대한 중상모략입니다. 신의 이름
을 걸고 맹세컨대, 정말 모략입니다. 저를 시기하는 자들이

지어 낸 소문일 뿐입니다. 그자들은 제 인생을 망치려고 작
정한 인간들이죠.

흘레스타코프 그래서 날더러 어쩌라는 거죠? 난 그런 자들한테는
볼일이 없어요. (잠시 생각에 잠겼다가) 그런데 당신이 왜 그런
놈들에 대해 이야기하는지 도무지 영문을 모르겠군요. 하사
관의 미망인은 또 뭐고…… . 하여간에 이건 하사관 부인의
문제와는 차원이 다른 문제죠. 어찌 감히 내게 채찍을 휘두
르겠다는 겁니까? 당신에겐 그럴 권리가 없어요, 그럴 순
없단 말입니다! 이것 보세요, 당신은…… . 네, 돈을 내지요,
돈을 내면 될 거 아닙니까! 하지만 지금은 수중에 돈이 없어
요! 한 푼도 없단 말이오. 그러니 지금 내가 여기 눌러앉아
있을 수밖에.

시장 (방백) 오호, 뼈가 있는 농담인걸! 별 수작을 다 거는군! 대체
무슨 속셈으로 저러는 거지? 궁금하니 어디 한번 풀어 봐야
겠군! 그런데 어떤 방향에서 접근해야 될지 갈피를 못 잡겠
군. 괜히 섣불리 건드렸다가는 될 일도 안 될 거야! 에이, 될
대로 되라지. 요행을 바랄 수밖에. (소리 내서 말한다) 혹시 돈
이나 뭐 다른 필요한 게 있으면 제가 당장이라도 구해 드리
지요. 여행객들을 도와 주는 게 제 임무니까요.

흘레스타코프 그렇다면, 돈 좀 빌려 주시죠. 지금 당장 여관 주인
을 찾아가서 밀린 돈을 낼 테니, 한 200루블 정도만 융통해

주세요. 아니 뭐, 그 이하도 상관없습니다.

시장   (지폐를 내밀면서) 정확히 200루블입니다. 세 볼 필요도 없습니다.

흘레스타코프   (지폐를 받아 들며) 정말 감사합니다. 고향에 도착하자마자 당장 200루블을 부쳐 드리죠. 워낙 갑작스런 일이라서⋯⋯. 당신은 정말 좋은 분 같군요. 이러면 또 얘기가 달라지죠.

시장   (방백) 흠, 다행이군! 돈을 받았으니 이젠 모든 일이 순조롭게 풀릴 것 같군. 게다가 200루블이 아니라 400루블을 쥐어 줬으니 말이야.

흘레스타코프   어이, 오시프! (오시프가 들어온다) 가서 여관 종업원을 불러오게! (시장과 도브친스키를 향해) 아니, 왜 거기 그러고 서 계십니까? 자, 자, 다들 좀 앉으세요. (도브친스키에게) 앉으시라니까요.

시장   괜찮습니다. 우린 그냥 이렇게 서 있겠습니다.

흘레스타코프   그러지 말고 좀 앉으세요. 이젠 당신이 얼마나 솔직한 분인지, 또 얼마나 친절한 분인지 잘 알았습니다. 하마터면 오해를 할 뻔했습니다. 이제 와서 하는 말이지만, 저는 당신들이 여기 와서 나를⋯⋯. (도브친스키에게) 앉으시라니까요.

시장과 도브친스키가 앉는다. 보브친스키는 문틈으로 들여다보며 엿듣는다.

시장　(방백) 좀 더 과감하게 나가야겠는걸. 저자는 지금 자신의 정체를 숨기려 하는 게 분명해. 좋아, 그렇다면 저자가 어떤 사람인지 우리가 전혀 모르는 척하면서 쓸데없는 수다나 좀 늘어놓아야겠군. (소리 내서 말한다) 저는 이 도시의 지주인 표트르 이바노비치 도브친스키 씨와 함께 업무차 돌아다니다가 여행객들에 대한 서비스가 잘 이뤄지고 있는지 알아볼 요량으로 일부러 이 여관에 들렀습니다. 저는 그런 일에는 전혀 신경을 쓰지 않는 다른 도시의 시장들과는 다르죠. 굳이 일 때문이 아니더라도, 어려운 상황에 처해 있는 사람들을 따뜻하게 감싸 주라는 기독교적인 박애 정신에 충실하고자 항상 노력하는 편입니다. 그래서 그랬는지 마침 선물이라도 내린 듯, 선생님과 이런 좋은 인연을 맺게 된 것 같습니다.

흘레스타코프　저 역시 매우 기쁩니다. 이제 와서 하는 말이지만, 당신을 만나지 못했더라면 아마도 이 여관에서 오랫동안 발이 묶여 있었을 겁니다. 무슨 수로 돈을 내야 할지 막막했으니까요.

시장　(방백) 옳거니, 말하는 것 좀 보게, 무슨 수로 돈을 내야 할지 모르셨다! (소리 내서 말한다) 저, 실례가 되지 않는다면 어디로 가시는 길이었는지 여쭤 봐도 될까요?

흘레스타코프 사라토프 현으로 가는 길이었습니다. 제 소유의 영지가 있는 곳이지요.

시장 (방백, 얼굴에는 슬그머니 비웃는 듯한 표정을 띠고) 사라토프 현이라고! 얼굴 표정 하나 변하지 않고 말하는군. 저 인간이랑 상대하려면 정신을 바짝 차려야겠어. (소리 내서 말한다) 좋은 여행지를 택하셨군요. 가시는 도중에 말들을 갈아타기 위해 기다려야 하는 불편함을 있겠지만, 잠시 머리를 식힌다 생각하면 즐거운 여행 길이 되실 겁니다. 무슨 특별한 볼일이 있는 게 아니라 기분 전환이나 하려고 가시는 건가요?

흘레스타코프 아닙니다. 아버님이 부르셔서 가는 길입니다. 여태까지 상트페테르부르크에 근무하면서 훈장 하나 받지 못했다고 노인네가 단단히 화가 났거든요. 아버지는 상트페테르부르크에 발령받아 가기만 하면 으레 블라디미르 훈장을 받는 줄로 아신다니까요. 하지만 실상은 그렇지가 않죠. 아버지가 직접 관청 근무를 해 볼 수만 있다면 그런 말씀은 안 하실 텐데 말입니다.

시장 (방백) 얼씨구, 이것 좀 보게나, 거짓말이 술술 나오는군! 이젠 늙은 아비까지 붙이는군! (소리 내어 말한다) 그럼 꽤 오래 계시겠군요?

흘레스타코프 잘 모르겠습니다. 아버지가 워낙 고집불통인데다 생각도 짧은 분이니 말이죠. "원하는 대로 하세요. 어쨌든 난 상트페테르부르크를 떠나선 살 수 없습니다"라고 아버지에게 솔직하게 말할 겁니다. 내가 대체 무엇 때문에 농부들 틈에 끼어 인생을 허비해야 합니까? 세상이 달라졌습니다. 저는 도시 문명의 혜택을 누리며 살고 싶습니다.

시장   (방백) 정말 잘도 엮어 대는군! 거짓말이 꼬리를 물고 나오는 꼴을 보니 결코 만만한 상대가 아닌 것 같군! 생긴 것도 볼품없고 키도 작은 주제에 말이야. 마음 같아서는 손톱으로 콱 짓이겨 버리고 싶지만, 그래, 조금만 더 기다려라! 결국은 내게 다 불게 해 줄 테니. 지금부터 다 털어놓도록 해 주마! (소리 내어 말한다) 정말 정확한 지적입니다. 하기야 시골에서 뭘 할 수 있겠습니까? 이 도시만 해도 그렇죠. 나라 걱정에 밤잠을 설쳐 대며 불평 한마디 없이 묵묵히 일하지만, 포상이라는 건 대체 언제 주어질지 알 수가 없단 말입니다. (방 안을 둘러본다) 아무래도 이 방은 다소 습기가 차는 것 같군요?

흘레스타코프   정말 더러운 방이죠. 지금까지 어디에서도 본 적이 없는 주먹만한 빈대들이 사방에 널려 있어요. 빈대한테 한 번 물리면 마치 개한테 물린 것 같습니다.

시장   어떻게 그런 일이! 이렇게 지체 높으신 분께서 왜 그런 고통을 참고 계신답니까? 이 세상에 존재할 가치도 없는 그런 쓸

74

모없는 빈대들 때문에 고생을 하시다니요. 이 방이 너무 어두워서 그런 것 같군요.

흘레스타코프   맞아요, 정말 너무 어두워요. 여관 주인이란 작자는 툭하면 초를 내주지 않아요. 뭘 좀 하려거나, 책을 읽거나 글을 써 보려는 생각이 들어도 방이 어두워서 도무지 할 수가 없어요.

시장   제가 선생님을 모셔도 된다면…… 아니, 아닙니다. 전 자격이 없습니다.

흘레스타코프   무슨 말씀이신지?

시장   아니에요, 아닙니다, 전 자격이 없습니다!

흘레스타코프   대체 그게 무슨 말입니까?

시장   그럼 부끄럽지만 말씀드리지요. 저희 집에는 선생님을 위한 멋진 방이 있습니다. 환하고 조용한 방이지요……. 괜한 소리를 했나 봅니다. 제가 생각하기에도 선생님 같은 분을 제 집에 모신다는 게 분에 넘치는 영광스러운 일이라서……. 부디 화내지 마십시오. 그저 한번 해 본 소립니다.

흘레스타코프   천만에요, 그 반대인걸요. 그렇게 하지요. 기꺼이 시장님의 청을 받아들이겠습니다. 나야 이런 막돼먹은 여관방에 있느니 시장님 댁에 머무는 편이 훨씬 좋습니다.

시장   그렇게 하신다면 정말 기쁘겠습니다! 아내도 저처럼 기뻐할 겁니다! 저는 어릴 적부터 손님들을 집에 초대하는 걸 좋아했습니다. 특히나 손님 되시는 분이 이렇게 세련된 분이라면 더할 나위가 없지요. 아첨이나 하려고 이런 말씀을 드리는 건 절대 아닙니다. 그런 마음은 털끝만큼도 없습니다. 순전히 마음에서 우러나오는 대로 말씀드린 것입니다.

흘레스타코프　　정말 감사합니다. 저 역시 겉 다르고 속 다른 부류의 인간들은 좋아하지 않습니다. 시장님의 그 솔직함과 너그러움이 매우 마음에 듭니다. 그리고 솔직히 말씀드리자면, 제게 충심과 존경을 가지고 대해 주기만 한다면 더 이상 뭘 바라겠습니까.

앞 장에 등장했던 인물들과 오시프가 대동하고 나온 여관 종업원 등장. 보브친스키는 문틈으로 들여다보고 있다.

종업원 부르셨습니까?

흘레스타코프 그래, 계산서를 가져오게.

종업원 제가 이미 며칠 전에 계산서를 뽑아서 나리께 드렸는데요.

흘레스타코프 난 네 놈의 그 엉터리 계산서 같은 건 기억에 없어. 얼만지나 말해!

종업원 첫째 날에는 정찬을 드셨고, 그 다음 날에는 연어 요리만 잡수셨고, 그 이후로는 전부 외상으로 되어 있습니다.

흘레스타코프 이런 멍청이를 봤나! 또 일일이 계산을 뽑고 있군. 그래 전부 다 해서 얼마냔 말이야?

시장 괜히 이런 일로 마음 상하지 마시지요. 그냥 두세요. (종업원에게) 썩 나가도록 해. 돈은 곧 보내 줄 테니.

흘레스타코프 그게 좋겠군요. (돈을 집어넣는다)

종업원은 퇴장한다. 보브친스키가 문틈으로 들여다본다.

◈10장◈

시장, 흘레스타코프, 도브친스키, 보브친스키 등장.

시장　이제 이 도시에 있는 몇몇 기관들을 둘러보는 건 어떠신지요? 자선 병원이나 그 밖의 것들이 몇 개 있기는 합니다만······.

흘레스타코프　거기에 뭐가 있지요?

시장　에, 그러니까, 우리 도시에서 일이 진행되는 상황과······ 기강은 잘 잡혀 있는지······. 뭐 그런 것들을 좀 둘러봐 주십사 하고······.

흘레스타코프　그런 거라면 언제든지 환영입니다. 기꺼이 가지요.

보브친스키가 문 안쪽으로 고개를 내민다.

시장　괜찮으시다면 그쪽 시설들을 먼저 보신 다음, 현 소재 학교에 가서 교육 시설은 제대로 갖춰져 있는지, 교육 현황은 어떤지도 살펴보실 수 있습니다.

흘레스타코프　좋습니다, 그러죠.

시장　그리고 원하신다면 교도소도 한번 방문하셔서 우리 시의 죄수들을 어떻게 관리하고 있는지 살펴봐 주시기 바랍니다.

흘레스타코프　아니 교도소는 왜요? 내 생각에는 자선 병원을 둘러보는 편이 더 낫겠군요.

시장　편한 대로 하시지요. 어떻게 할까요? 선생님의 마차로 가시겠습니까, 아니면 제 마차로 가시겠습니까?

흘레스타코프　흠, 당신 마차로 함께 가는 편이 좋겠습니다.

시장　(도브친스키에게) 그럼, 표트르 이바노비치, 자네가 자리를 양보해 줘야겠네.

도브친스키　저는 괜찮습니다.

시장　(작은 목소리로 도브친스키에게) 이보게, 자네는 지금 당장 전속력으로 달려가서 메모 두 장을 전해 주게. 한 장은 자선 병원장 지블랴니카에게 전하고, 다른 한 장은 내 아내에게 전하게. (흘레스타코프를 쳐다보며) 실례가 되지 않는다면, 선생님께서 저희 집에 묵으실 예정이라는 내용을 간단히 적어서 아내에게 전해도 될까요? 귀한 손님을 맞으려면 아내도 준비할 시간이 좀 필요할 것 같습니다만…….

흘레스타코프　그렇게까지……? 정히 그러시다면, 여기 잉크는 있는데, 글쎄요, 종이는 어디 있는지……. 계산서라도 상관없다면 여기다 쓰시지요.

시장　네, 거기다 쓰죠. (쓰면서 혼잣말을 한다) 자, 어디 보자, 아침 식사 후에는 뭘 내놓는다? 옳거니, 그럴싸한 술을 내놔야겠군! 마침 우리 집에 아프리카 마데이라 산 포도주가 있지. 생긴 건 볼품 없어도 코끼리도 취해 자빠지게 한단 말이야. 나야 이자가 어떤 사람인지, 그리고 어느 정도 경계해야 되는 인물인지만 알아내면 그만이니까.

다 적은 쪽지를 도브친스키에게 건넨다. 도브친스키가 문 쪽으로 다가가는 순간 갑자기 문이 부서지면서 문 뒤에서 엿듣고 있던 보브친스키가 문과 함께 무대로 나동그라진다. 다들 비명을 질러 댄다. 보브친스키가 일어난다.

흘레스타코프 어찌된 일이오? 어디 다치신 데는 없소?

보브친스키 괜찮습니다, 아무렇지도 않습니다. 정신도 멀쩡하고, 콧등에 조그만 혹이 났을 뿐입니다. 흐리스치안 이바노비치 약사에게 가 봐야겠습니다. 그 사람한테 좋은 고약이 있는데 그걸 붙이면 이런 건 금세 낫습니다.

시장 (보브친스키를 나무라는 시늉을 하면서 흘레스타코프에게 말한다) 별일 아닙니다. 자, 이제 가시죠! 짐은 선생님 하인에게 옮기라고 지시하겠습니다. (오시프에게) 이보게, 자네는 짐을 모두 챙겨서 우리 집으로 오게. 시장 집이 어디냐고 물으면 모르는 사람이 없을 테니 쉽게 찾을 수 있을 거야. 자, 자, 나가시죠! (흘레스타코프를 앞세우고 그 뒤를 따라간다. 하지만 이내 뒤돌아서 보브친스키를 나무란다) 자넨 대체 왜 이 모양인가!

넘어지려면 다른 데 가서 넘어질 것이지! 하필 여기서 나동
그라지다니 대체 무슨 꼴인가? (퇴장한다)

시장의 뒤를 따라 보브친스키가 퇴장한다. 막이 내려간다.

제3막

1막과 같은 방

안나 안드레예브나와 마리야 안토노브나가 1막에서와 같은 상태로 창가에 서 있다.

안나 안드레예브나   거 봐, 벌써 한 시간 내내 기다리고 있는데 넌 아직도 온갖 폼을 다 재느라고 정신이 없구나. 이제 정말 다 차려입었다고? 천만에, 아직도 한참을 더 꾸물대야 할걸……. 네 말을 믿었던 내가 바보지. 정말 짜증나! 넌 양심도 없니, 아예 천을 짜서 옷을 새로 해 입지 그러니!

마리야 안토노브나   엄마, 그 말씀도 일리 있네요. 어쨌든 한 2분만 더 기다리면 모든 걸 다 알게 되실 거예요. 아브도치야도 곧 돌아올 때가 됐고요. (창문을 유심히 바라보다가 비명을 지른다) 어머나 세상에, 엄마, 엄마! 저기 골목 끝에서 누가 오고 있어요.

안나 안드레예브나   어디 오는데? 넌 언제나 환상에 빠져 있어. 어디 보자, 그래 누가 오긴 오는군. 그런데 걸어오는 사람이 대체 누구지? 작은 키에 연미복을 입었고……. 누구지? 누굴까? 별로 달갑지 않은 손님 같은데! 아유, 누가 저렇게 생겼더라?

마리야 안토노브나   도브친스키 씨예요, 엄마.

안나 안드레예브나　넌 항상 엉뚱한 상상만 하더라! 저 사람은 전혀 도브친스키 씨와 닮지 않았는걸. (스카프를 흔든다) 이봐요, 이쪽으로 오세요! 빨리요!

마리야 안토노브나　맞다니까요, 엄마, 도브친스키 씨예요.

안나 안드레예브나　또 시작이구나. 너랑 괜히 입씨름하기 싫다. 내가 도브친스키 씨가 아니라고 했지!

마리야 안토노브나　그럼 누군데요? 누구예요? 보세요, 도브친스키 씨가 맞잖아요.

안나 안드레예브나　흠, 그래. 도브친스키 씨구나. 이제야 알아보겠어. 그런데 넌 또 잔소리니! (창문을 향해 소리친다) 빨리, 빨리요! 너무 느긋하게 걷는 거 아니에요? 어떻게 되었나요? 다른 사람들은 어디 있어요? 뭐라고요? 네, 그냥 거기서 말하세요! 뭐라고요? 대단히 중요한 이야기라고요? 네? 남편이요? 남편이 뭘 어쨌는데요? (짜증스러워하면서 창가에서 약간 물러난다) 멍청이 같으니라고! 방 안으로 들어오기 전까진 아무 말도 하지 않을 참인가!

∽2장∽

안나 안드레예브나, 마리야 안토노브나, 도브친스키 등장.

안나 안드레예브나 자, 어서 말씀해 보세요. 그래 부끄럽지도 않으세요? 그래도 당신만큼은 예의 바른 분이라고 생각했는데, 다들 갑자기 우르르 뛰어가니까 당신까지 쫓아가셨다죠! 그래서 난 여태까지 대체 무슨 일이 일어난 건지 전혀 알 수가 없었단 말이에요. 정말 창피한 줄 아세요! 내가 당신 댁의 이반과 엘리자베타 대모 되는 사람인데, 어떻게 나한테 이런 식으로 행동할 수 있죠?

도브친스키 하늘에 맹세컨대, 대모님, 제가 당신에 대한 경의를 표하기 위해 이렇게 숨도 못 쉴 정도로 급히 달려왔습니다. 안녕하세요, 마리야 안토노브나!

마리야 안토노브나 표트르 이바노비치 씨 안녕하세요.

안나 안드레예브나 그래, 대체 무슨 일이죠? 자, 말씀해 보세요. 뭐가 어떻게 됐는지?

도브친스키 시장님이 부인께 쪽지를 보내셨습니다.

안나 안드레예브나 그래, 우리 시에 왔다는 그분은 대체 어떤 사람인가요? 장군인가요?

도브친스키   아뇨, 장군은 아니지만 그에 못지않은 사람입니다. 학식이 높고 언행도 여간 의젓하지가 않아요.

안나 안드레예브나   아! 그럼 일전에 남편이 받았던 편지에 쓰여 있던 바로 그 사람이군요.

도브친스키   네, 바로 그분입니다. 저와 표트르 이바노비치가 맨 처음 알아냈지요.

안나 안드레예브나   자, 이제 뭐가 어떻게 돌아가는 건지 어서 말씀해 보세요.

도브친스키   네, 다행히도 모든 일이 다 순조롭게 풀렸습니다. 처음에는 그분이 시장님을 다소 엄하게 대했습니다. 단단히 화가 나서 여관에 제대로 된 게 하나도 없다, 다른 곳으로 옮기지 않을 거다, 시장을 위해 감옥에 앉아 있고 싶진 않다고 하셨지요. 하지만 시장님이 결백하다는 사실을 알고 난 후에는 훨씬 편하게 담소를 나누며 이내 생각을 바꾸셨답니다. 정말 다행입니다. 모든 것이 다 잘 풀렸어요. 지금 시장님과 그분은 자선 병원을 둘러보러 가셨는데……. 솔직히 말씀드리자면 시장님은 혹시 누가 밀고라도 한 것이 아닐까 하는 걱정을 하셨습니다. 저 역시 두려웠습니다.

안나 안드레예브나   당신이야 두려워할 이유도 없잖아요?

도브친스키   그렇지요. 하지만 신분이 높은 분들이 말씀하실 땐 저도 모르게 두려움이 든답니다.

안나 안드레예브나 그런 얘기는…… 다 쓸데없는 소리고, 그래 생김새는 어떻던가요? 늙었나요, 젊었나요?

도브친스키 젊어요, 아주 젊습니다. 스물세 살이나 됐을라나. 그런데 말은 완전히 나이 든 사람처럼 하더군요. 이런 식으로 말이죠. "그러시지요, 가도록 하지요, 저기도, 그리고 저기도……." (손을 내젓는다) 모든 면에서 기품이 넘칩니다. "나는 글 쓰는 것과 독서를 좋아하는데, 방이 어두워서 도무지 할 수가 없어요."

안나 안드레예브나 그 사람 머리카락은 무슨 색인가요? 갈색인가요, 아니면 금발인가요?

도브친스키 금발은 아니고 갈색에 가깝습니다. 그리고 들짐승처럼 날카롭게 움직이는 두 눈동자는 보는 이를 당황하게 만든답니다.

안나 안드레예브나 대체 뭘 적어 보낸 거람? (읽는다) "여보, 당신에게 서둘러 알려 주는 거요. 내 처지가 아주 비참했으나 신의 은총에 힘입어, 특히 절인 오이 두 개, 연어 알 반 접시와 1루블 25코페이카✛……." (읽다가 멈춘다) 대체 이게 무슨 말이람. 갑자기 웬 절인 오이와 연어 알 타령이지?

도브친스키 새 종이가 없어서 다른 게 적혀 있던 종이에 급히 적다

✛ **코페이카** : 러시아의 화폐 단위. 1루블은 100코페이카다.

보니 그런 겁니다. 계산서 위에다 적었거든요.

안나 안드레예브나   아, 그렇군요. (계속 읽어 내려간다) "하지만 신의 은총에 힘입어 모든 것이 순조롭게 풀릴 듯싶소. 가능한 한 빨리 귀한 손님이 묵을 수 있도록 방을 치워 놓기 바라오. 노란색 벽지로 도배된 방 말이오. 자선 병원에서 간단하게 요기를 하고 갈 테니 음식을 더 준비할 필요는 없을 것 같소. 술은 좀 더 가져다 놓으시오. 상인 압둘린에게, 가장 좋은 술을 가져오라고 하시오. 그렇지 않을 경우엔 내가 그자의 술 창고를 죄다 뒤질 거라고 전하시오. 사랑하는 당신에게 입맞춤을 보내며, 이만 줄이오. 안톤 스크보즈니크-드무하노프스키……." 아, 큰일 났네! 빨리 서둘러야겠어! 거기 누구 없니? 미슈카!

도브친스키   (문으로 달려가며 소리친다) 미슈카! 미슈카! 미슈카!

미슈카가 들어온다.

안나 안드레예브나   자네 말이지, 지금 상인 압둘린에게 냉큼 가 보도록 해……. 아니, 잠깐 기다려. 내가 메모를 한 장 써 줄 테니. (책상에 앉아 메모를 쓰면서 말한다) 이 메모를 마부 시도르에게 전해 줘. 이 메모를 가지고 가면 압둘린이 얼른 포도주를 내줄 거야. 그리고 자넨 가서 손님 맞을 방을 준비해.

그 방에다가 침대며 세숫대야며 그런 것들을 갖다 놓으란 말이야.

도브친스키 그럼, 안나 안드레예브나, 저는 이제 달려가서 그분이 어떻게 시찰하고 계시는지 살펴보고 오겠습니다.

안나 안드레예브나 붙잡지 않을 테니 가 보세요. 더 이상 당신 시간을 빼앗지 않을게요.

3장

안나 안드레예브나와 마리야 안토노브나 등장.

안나 안드레예브나　자, 마셴카[+], 이제 우리는 치장을 좀 해야지. 그
분은 수도에서 오셨다는구나. 웃음거리가 되는 일은 없어야
할 텐데. 넌 주름이 촘촘하게 잡힌 하늘색 옷을 입는 게 예
쁠 듯하구나.

마리야 안토노브나　하늘색 옷은 싫어요, 엄마! 전혀 맘에 들지 않아
요. 랴프킨-챠프킨 판사 부인도 하늘색 옷을 입고 다니고,
지믈랴니카 자선 병원장 딸도 하늘색 옷을 입잖아요. 차라
리 색동 옷을 입는 편이 더 낫겠어요.

안나 안드레예브나　색동 옷이라니! 넌 어쩜 그렇게 청개구리처럼 항
상 반대로만 말하니? 너한테는 하늘색이 잘 어울릴 거야.
왜냐고? 내가 크림색 옷을 입을 거니까. 난 정말 크림색 옷
이 너무 좋아.

마리야 안토노브나　어머나, 엄마한테는 크림색이 어울리지 않아요!

안나 안드레예브나　크림색이 내게 안 어울린다고?

✛ **마셴카** : 마리야 안토노브나의 애칭.

마리야 안토노브나   그래요, 안 어울려요. 내가 장담하는데, 크림색
옷은 눈이 칠흑같이 새까만 사람이 입어야 어울려요.

안나 안드레예브나   그래, 너 말 한번 잘했다. 내 눈동자가 까맣지 않
다는 거니? 이 정도면 검다 못해 아주 새까맣지. 무슨 그런
말도 안 되는 소리를 하는 거야! 카드 점을 칠 때도 항상 클
로버 퀸으로 패를 떼는 나더러 까맣지 않다니!

마리야 안토노브나   아유, 엄마는 하트 퀸으로 패를 떼는 경우가 더
많잖아요.

안나 안드레예브나   또 쓸데없는 소리! 난 단 한 번도 하트 퀸으로 패
를 뗀 적이 없어!

마리야 안토노브나와 함께 서둘러 퇴장한 후 무대 뒤에서 말한다.

안나 안드레예브나   어디서 그런 생각을 해 낸 거니! 하트 퀸이라니!
그건 나와 상관없어!

안나 안드레예브나와 마리야 안토노브나가 퇴장하면서 문이 열린다. 미슈카가
문 밖으로 쓰레기를 쓸어 낸다. 다른 쪽 문에서는 오시프가 머리에 트렁크를 이
고 등장한다.

☙ 4장 ☙

미슈카와 오시프 등장.

오시프 어디로 가야 되지?

미슈카 이리 오세요, 아저씨. 이쪽으로 오세요.

오시프 잠깐만, 숨 좀 돌려야겠어. 아, 정말이지 이게 무슨 고생이
람! 뱃속이 텅 비었으니 짐이 죄다 돌덩이 같네.

미슈카 그런데, 아저씨, 장군님은 곧 오시나요?

오시프 무슨 장군 말이냐?

미슈카 아저씨 나리 말이에요.

오시프 우리 나리? 왜 우리 나리가 장군이라는 거지?

미슈카 그럼 장군님이 아니란 말씀이세요?

오시프 장군은 장군이지, 다른 면에서 볼 때 말이야.

미슈카 그 말씀은 진짜 장군보다 낫다는 거예요, 못하다는 거예요?

오시프 그야 더 낫지.

미슈카 그렇죠! 그래서 우리 집이 발칵 뒤집혔구나.

오시프 보아하니 눈치 꽤나 빠를 것 같은데, 뭐든 먹을 것 좀 챙겨
주지 않겠니?

미슈카 하지만 아저씨를 위한 음식은 아직 준비가 되지 않았어요. 아

저씨네 나리께서 식탁에 앉으면, 아저씨한테도 음식을 내올 거예요. 아무 음식이나 드시게 하진 않을 테니 잠시 기다리세요.

오시프 대체 그 아무 음식이라는 게 뭔데?

미슈카 양배추 수프, 죽, 파이 같은 거죠.

오시프 그거라도 좀 줘. 양배추 수프와 죽과 파이 말이야! 괜찮아, 아무거나 먹겠어. 우선 이 트렁크부터 옮기지! 저쪽에 또 다른 출입구가 있나?

미슈카 네, 있어요.

오시프와 미슈카가 커다란 방으로 트렁크를 가져간다.

경찰관들이 양쪽으로 문을 열면 흘레스타코프가 들어온다. 그 뒤를 따라 시장이 들어오고, 조금 떨어져서 자선 병원장, 교육감, 도브친스키와 콧등에 고약을 붙인 보브친스키가 들어온다. 시장이 경찰관들을 향해 마룻바닥에 있는 종잇조각을 가리키자 경찰관들은 서로 몸을 부딪치며 잽싸게 달려가 줍는다.

흘레스타코프 훌륭한 시설이군요. 특히 여행객들에게 도시에 있는 모든 걸 다 보여 준다는 게 매우 마음에 듭니다. 다른 도시에서는 내게 아무것도 보여 주지 않았거든요.

시장 다른 도시에서는 시장과 관리라는 자들이 아마도 자기들 잇속 챙기기에 급급했을 겁니다. 우리 도시 관리들은 질서를 유지하고, 항상 경계를 늦추지 않는 성실함으로 업무에 임합니다. 그러한 노력을 정부에게 인정받아 보겠다는 생각 이외에 다른 욕심은 전혀 없습니다.

흘레스타코프 식사는 아주 훌륭했어요. 정말 배불리 잘 먹었습니다. 이곳에서는 매일같이 그런 식사가 나오나요?

시장 특별히 귀한 손님이 왔을 때만 그렇습니다.

흘레스타코프 난 식도락가라고 할 수 있습니다. 알고 보면 인간이란 다들 만족의 꽃을 꺾기 위해 살아가는 것 아니겠습니까.

아까 그 생선 이름이 뭐라고 했죠?

아르체미 필리포비치   (달려오면서) 간대구입니다.

흘레스타코프   정말 맛있더군요. 우리가 식사를 했던 곳이 어디였더라? 병원이었던가요?

아르체미 필리포비치   네. 자선 병원에서 식사를 드셨습니다.

흘레스타코프   아, 기억 나요, 기억 나. 거기 침대들이 놓여 있었죠. 그런데 환자들은 다들 퇴원했나요? 병원에 환자가 그리 많아 보이진 않던데.

아르체미 필리포비치   열 명 남짓 있습니다. 그 이상은 아니죠. 나머지 환자들은 모두 완쾌되어 퇴원했습니다. 저희 병원에서는 그런 일이 관례처럼 되어 버린 지 오래랍니다. 제가 병원 관리를 맡고 나서부터는, 거짓말처럼 들릴 수도 있겠지만, 환자들이 입원할 필요도 없이 하나같이 빠른 속도로 건강을 회복합니다. 이 모든 것들이 의약의 힘이라기보다는 성실함과 질서정연함에서 비롯된 것이라 할 수 있습니다.

시장   제가 감히 한 말씀 올리자면, 시장의 직무라는 게 여간 골치 아픈 게 아니랍니다! 청소니, 수리니, 검사니 뭐다 해서 정말 온갖 일들을 다 해야 합니다. 한마디로, 제 아무리 똑똑한 자라도 어려움에 봉착할 수밖에 없을 거란 얘깁니다. 하지만 신의 은총으로 모든 일이 순조롭게 진행되고 있습니다. 물론 자기 잇속 챙기는 데만 정신이 팔린 시장도 있겠죠. 믿어지지 않겠지만, 저는 잠자리에 드는 순간까지도 '아, 신이시여, 정부에서 저의 열성적인 모습을 알게만 해 주신다면 더 이상 바랄 것이 없겠나이다' 하며 기도한답니다. 물론 상을 내리고 말고야 정부의 의지에 달린 것이지만, 그렇게만 된다면 저로서야 더 이상 바랄 나위가 없겠지요. 모든 것들이 질서정연함을 유지하고, 거리는 항상 깨끗하게 청소되어 있고, 죄수들을 잘 관리하고, 술주정뱅이들은 찾아보기 힘들어지고……. 그러면 제가 뭘 더 바라겠습니까? 맹세코 말씀드리건대, 절대 출세를 꿈꾸는 건 아닙니다. 물론 그런 유혹이 없는 건 아니지만, 미덕이라는 덕목 앞에서는 모든 것들이 한낱 먼지와 공허함에 불과하지요.

아르체미 필리포비치   (방백) 얼씨구, 게으름뱅이 주제에 아주 소설을 쓰는군! 하늘에서 그런 선물을 잘도 내리겠다!

흘레스타코프   맞는 말씀입니다. 나는 사색에 잠기는 걸 좋아합니다. 글을 쓰기도 하고, 가끔은 시가 튀어나오기도 하지요.

보브친스키   (도브친스키에게) 지당하고도 지당하신 말씀이지 않은가, 표트르 이바노비치! 저런 말은…… 정말 학식이 깊은 사람들만 할 수 있는 것일세.

흘레스타코프   그런데 말이죠, 이 도시에는 어울려 놀 만한 모임 같은 거, 그러니까 예를 들면, 다 함께 카드 놀이를 할 만한 모임은 없습니까?

시장 (방백) 요것 봐라, 이보게 젊은 친구, 자네가 무슨 속셈으로 그런 말을 하는지 다 알고 있어! (소리 내어 말한다) 그게 무슨 말씀입니까! 우리 시에 그런 모임이 있다는 소문은 들어 본 적이 없습니다. 저는 단 한 번도 카드에 손을 댄 적이 없습니다. 카드를 어떻게 치는 건지도 잘 모릅니다. 카드란 물건을 쳐다보는 것조차 괴롭습니다. 어쩌다 다이아몬드 킹이라든가 아니면 다른 뭔가를 보기라도 하면, 그냥 침을 퉤 뱉어 버리고 싶을 만큼 혐오감이 밀려옵니다. 한번은 아이들을 재미있게 해 줄 생각으로 카드로 작은 집을 만든 적이 있었는데, 그날 밤 내내 악몽에 시달렸지 뭡니까. 그럴 순 없지요, 귀한 시간을 그런 것에 허비해서는 안 될 일이죠.

루카 루키치 (방백) 망할 자식 같으니, 어제 나한테서 100루블이나 따 갔잖아.

시장 그럴 시간이 있다면 저는 차라리 국가의 이익을 위해 사용하겠습니다.

흘레스타코프 아니, 아니에요, 일부러 그럴 필요까진 없는데……. 모든 건 말입니다, 어떤 관점에서 사물을 바라보는가에 달려 있습니다. 예를 들어 말이죠, 만일 판돈을 세 배로 걸어야 될 상황이라면, 그때는 손을 털고 일어서야죠. 물론 그럴 때는……. 저는 카드 놀이가 그렇게 나쁘다고는 보지 않습니다. 가끔은 정말 카드 놀이를 하고 싶을 때가 있거든요.

앞 장에서 등장했던 인물들과 안나 안드레예브나, 마리야 안토노브나 등장.

시장 제 가족을 소개해 드리겠습니다. 제 아내와 딸입니다.

흘레스타코프 (인사를 하면서) 부인을 뵐 수 있는 영광을 갖게 되어 정말 행복합니다.

안나 안드레예브나 오히려 저희가 이런 귀한 분을 뵙게 되어 더 기쁩니다.

흘레스타코프 (우쭐대면서) 당치도 않습니다, 부인. 오히려 그 반대입니다. 제가 더 기쁩니다.

안나 안드레예브나 그럴 리가 있나요! 저희들 기분 좋으라고 그리 말씀해 주시는군요. 자, 좀 앉으세요.

흘레스타코프 부인 곁에 서 있는 것만으로도 벌써 행복합니다. 하지만 부인께서 간절히 원하시니 앉겠습니다. 부인 곁에 앉을 수 있다니, 정말이지 저는 복이 많은 사람입니다.

안나 안드레예브나 천만에요, 너무 치켜세워 주시니까 곧이들리질 않네요. 상트페테르부르크를 떠나 여기까지 오시는 길에 이런저런 불쾌한 일들도 많이 겪으셨겠군요.

흘레스타코프 불쾌했던 경우가 한두 번이 아니었죠. 상류 사회 생활에 길들여져 있던 사람이 어느 날 갑자기 여행길에 나섰다고 생각해 보세요, 콩프르네 부[+]? 여관은 지저분하죠, 어딜 가나 무지몽매한 사람들뿐이죠. 솔직히 말씀드려서 이런 기회가 없었더라면, 그러니까 내게…… (안나 안드레예브나를 쳐다보면서 뻐기듯이) 여행길에서 그동안 겪은 고생들을 이렇게 보상해 줄 기회가 없었더라면…….

안나 안드레예브나   많이 힘드셨겠군요.

흘레스타코프   그렇지만 부인, 지금 이 순간만큼은 정말 유쾌합니다.

안나 안드레예브나   그럴 리가요! 정말 너무 치켜세워 주시는 것 같아요. 전 그런 소리를 들을 만한 자격이 없어요.

흘레스타코프   무슨 당치 않은 말씀이십니까? 부인께서는 충분히 그럴 자격을 갖추신 분입니다.

안나 안드레예브나   전 시골 마을에 살아서…….

흘레스타코프   그래요, 하지만 시골 마을에도 있을 건 다 있습니다. 작은 언덕이며, 개울이며……. 물론 상트페테르부르크와는 비교가 되질 않죠. 아, 상트페테르부르크! 정말 멋진 곳이죠. 부인께서는 나를 관청에서 서류나 정리하는 위인쯤으로 생각하실 수도 있겠지요. 사실은 그렇지 않습니다. 장관과도 꽤 절친한 사이지요. 장관은 제게 어깨를 툭 치면서 "이

[+] **콩프르네 부** : 프랑스 어로 '이해하시겠죠' 라는 뜻.

봐 친구, 점심 식사나 같이 하세"라고 말합니다. 저는 이런 저런 것들을 지시하기 위해 딱 2분 간만 관청에 들를 뿐입니다. 이건 이렇게 처리하고, 저건 저렇게 처리하라고 말하면, 벌써 저만치에서 문서를 받아쓸 서기가 대령하고 있지요. 그리고는 사각사각…… 펜으로 필기하는 소리만 들립니다. 나를 참사관으로 만들어 주려는 움직임도 있었지만, 거절했습니다. 수위란 녀석까지 손에 구둣솔을 쥐고서 한달음에 달려 나와 "이반 알렉산드로비치 나리, 제가 장화를 털어 드리겠습니다"라고 말하며 계단에서 제 뒤를 졸졸 따라다닐 정도니까요. (시장 쪽을 보며) 여러분, 어째서 계속 서 계십니까? 자, 자, 앉으세요!

시장, 아르체미 필리포비치, 루카 루키치가 일제히 나선다.

시장　　저희같이 미천한 신분은 아직 더 서 있어도 괜찮습니다.
아르체미 필리포비치　　저희는 서 있겠습니다.
루카 루키치　　신경 쓰지 마십시오.
흘레스타코프　　신분에 신경 쓰지 말고 어서 앉으세요.

시장을 비롯하여 모두 의자에 앉는다.

흘레스타코프   난 거창한 의식 같은 건 좋아하지 않습니다. 남의 눈에 띄지 않게 슬쩍 빠져나가려고 항상 노력하는 편이죠. 하지만 도무지 숨을 수가 없어요, 거의 불가능하죠! 어디든 나가기만 하면 벌써 사방에서 "어, 저기 이반 알렉산드로비치 나리께서 지나가신다!" 하며 웅성대기 시작하죠. 한번은 나를 총사령관으로 착각한 군인들이 다들 막사에서 뛰어나와 사열한 적도 있답니다. 나중에 나와 절친한 장교 한 사람이 "이보게, 친구, 우린 정말 자네가 총사령관인 줄 알았다네" 하고 말하더군요.

안나 안드레예브나   세상에, 어쩜 그런 일이!

흘레스타코프   네, 사실 가는 곳마다 사람들이 나를 알아본답니다. 유명 배우들과도 알고 지내는데다 저 역시 보드빌+ 몇 편을 쓴 아마추어 작가랍니다. 그래서 문인들과도 자주 만나지요. 특히 푸슈킨과는 막역한 사이지요. 내가 그에게 "어떻게 지내세요, 푸슈킨 형님?" 하고 물으면, "뭐 그렇지, 아우님. 여전해." 라는 대답이 돌아오죠. 푸슈킨은 정말 대단한 괴짜예요.

안나 안드레예브나   글도 쓰신단 말이에요? 작가는 얼마나 좋을까? 그럼, 잡지에도 간간이 글을 실으시겠군요?

+ **보드빌** : 일반적으로 노래가 곁들어진 짧은 통속 희극을 말한다.

흘레스타코프   네, 잡지에도 몇 번 글이 실렸지요. 그러고 보니 작
품 편수가 꽤 되기는 하네요. 「피가로의 결혼」, 「악마 로베
르트」, 「노르마」+…… . 일일이 제목을 다 기억하기도 힘들
군요. 이 모든 건 다 우연의 산물입니다. 난 별로 쓰고 싶은
마음이 없는데 극장 지배인들이 "이보게, 제발 부탁이네.
아무거나 하나만 써 주게나" 하며 졸라 댑니다. 그런 말을
들으면 '그래, 저렇게 부탁하는데 한번 써 볼까?'라는 생각
이 들게 마련이죠. 언젠가 한번은 하룻밤 만에 작품을 완성
해서 사람들을 놀라게 한 적도 있습니다. 저는 머릿속에 든
생각을 술술 풀어내는 남다른 재주가 있거든요. 브람베우스
남작++의 이름으로 나온 작품들과 『희망호』+++, 『모스크바
전신』++++도 사실은 모두 제가 쓴 거지요.

안나 안드레예브나   그럼 당신이 브람베우스 남작이란 말씀이세요?

흘레스타코프   그런 셈이죠. 작가들이 쓴 글을 모두 내가 교정해 주
고 있으니까요. 스미르진은 그 대가로 내게 4만 루블이나

+ **「피가로의 결혼」**, **「악마 로베르트」**, **「노르마」** : 「피가로의 결혼」은 모차르트, 「악마 로베르트」는 마
이어베르, 「노르마」는 벨리니의 작품이다.

++ **브람베우스 남작** : 본명은 오시프 센코프스키이며, 작가 및 저널리스트로 활동했다. 1833년부터 '바
론 브람베우스'라는 필명으로 활동하면서 동방에 관한 세태 소설이나 철학 소설 등을 집필하였다. 오랫동
안 필명으로만 활동하여 베일 속에 쌓인 신비의 작가로 군림하였다.

+++ **희망호** : '말린스키'라는 필명으로 활동하던 알렉산드르 알렉산드로비치 베스투제프의 작품.

++++ **모스크바 전신** : 폴레보이에 의해 1825~1834년 동안 2주 간격으로 발행된 반귀족적, 반봉건적 경
향을 띤 진보 문학, 학술 잡지.

췄답니다.

안나 안드레예브나 아니 그럼, 『유리 밀라슬라프스키』[✢]가 당신 작품이란 말씀이세요?

흘레스타코프 네, 내가 쓴 작품이죠.

안나 안드레예브나 아, 이제야 모든 걸 알겠어요.

마리야 안토노브나 엄마, 여기엔 『유리 밀라슬라프스키』가 자고스킨 이란 사람의 작품이라고 나와 있는데요.

안나 안드레예브나 내 이럴 줄 알았다니까. 이런 자리에서까지 넌 또 시비니?

흘레스타코프 아, 맞아요, 따님 말이 맞습니다. 자고스킨이 이 작품을 쓴 건 사실입니다. 실은 이 작품 말고도 또 다른 『유리 밀라슬라프스키』가 있는데, 그게 바로 내가 쓴 겁니다.

안나 안드레예브나 그렇다면 제가 읽은 건 아마도 당신 책일 거예요. 어찌나 문장이 좋던지!

흘레스타코프 솔직히 말해서 난 문학으로 먹고사는 사람입니다. 내 집은 상트페테르부르크에서도 둘째가라면 서러워할 정도지요. 이반 알렉산드로비치의 집이라면 이미 알 만한 사람은 다 알죠. (모든 사람들을 향해) 여러분, 상트페테르부르크에 오실 일이 있다면, 꼭 내 집에 들러 주시기 바랍니다. 여러분

✢ **유리 밀라슬라프스키** : 19세기 중반까지 러시아 문단에서 활동했던 역사주의 소설가이자 희극 작가였던 미하일 니콜라예비치 자고스킨의 역사 소설.

을 위한 파티를 준비할 테니까요.

안나 안드레예브나 제 생각엔 상트페테르부르크에서 열리는 파티는
분위기와 규모부터가 남다를 것 같아요.

흘레스타코프 그야 말할 필요도 없지요. 식탁에는 700루블이나 하
는 수박이 놓이고, 파리에서 만든 수프가 냄비에 담긴 채 곧
장 기선에 실려 옵니다. 냄비 뚜껑을 열면 김이 모락모락 피
어오르는데, 세상 어디에서도 그런 건 찾아볼 수 없답니다.
난 매일같이 파티에 참석하는데, 우리들만의 카드 놀이 멤
버도 거기서 만들어진 거랍니다. 외무대신, 프랑스 공사, 독
일 공사, 그리고 나, 이렇게 넷이 모여서 만든 놀이 모임이
지요. 우린 지칠 때까지 노는데, 그 재미란 다른 어떤 것에
도 견줄 수가 없답니다. 놀다가 지치면 층계를 뛰어올라 4
층에 있는 내 방으로 가서는 하녀에게 "자, 외투 좀 받아,
마브루슈카" 하고 말만 하면 되지요. 아니, 내가 지금 무슨
말을 하는 거야? 2층집이란 걸 깜빡했군요. 우리 집에는 계
단이 한 층밖에 없는데……. 내가 잠들어 있을 때 우리 집에
와서 문간방을 들여다보는 것도 흥미로운 일 가운데 하나일
겁니다. 백작이니 공작이니 하는 양반들이 문간방에 벌떼처
럼 모여들어 북적거리면서 윙윙대는 소리를 내는데, 그저
윙, 윙, 윙 이런 소리만 들릴 뿐입니다. 가끔씩 장관도 들르
지요. (시장과 다른 사람들이 겁에 질린 채 의자에서 벌떡 일어난다)

심지어는 포장지 겉면에 '친애하는 각하'라고 쓰인 소포가 배달되기도 하죠. 내가 한때 정부 부처를 맡았던 적이 있었거든요. 참 이상한 일이었어요. 장관이 어디로 가 버렸는지 행방이 묘연했거든요. 그러다 보니 어떻게 된 거냐, 무슨 일이냐, 누가 후임을 맡겠느냐 등등의 소문이 떠돌기 시작했지요. 나중에 듣자니, 꽤 여러 명의 장군들이 그 자리를 놓고 경쟁했다더군요. 다들 똑똑한 사람들이긴 했지만 딱히 적임자들은 아니었죠. 그럴싸해 보여도 속사정을 알고 보면 욕부터 나오게 마련이니까요. 도무지 대책이 서질 않자 결국엔 나를 찾아왔더군요. 그 당시엔 정말 거리마다 심부름꾼들이 넘쳐났죠. 저기도 심부름꾼, 여기도 심부름꾼, 또 저기도…… 상상이 됩니까, 심부름꾼만 자그마치 3만 5천명이었으니! 대체 어찌된 일이냐고 물어보니, "이반 알렉산드로비치, 가서서 정부 부처를 맡아 주시기 바랍니다!"라고 하지 않겠습니까? 솔직히 말해, 약간 당황스러웠습니다. 잠옷 바람으로 나갔거든요. 거절하고 싶었지만, 폐하의 귀에까지 그 말이 들어갈 수도 있다는 생각이 들었고, 사실 경력에도 도움이 되는 일이니까요. 그래서 이렇게 말했죠. "그렇게 합시다. 여러분, 이 직무를 맡겠습니다. 분명히 맡긴 맡겠는데, 내가 있는 동안은 어떠한 부정도 용서치 않을 겁니다! 내가 눈을 부릅뜨고 지켜보고 있다는 걸 항상 명심하세요! 나는⋯⋯." 실제로 내가 정부 부처에 한번 들어갔다 나오면 지진이라도 난 것처럼 한바탕 소동이 일곤 했지요. 모두들 겁에 질려서 사시나무 떨 듯했으니까요. (시장과 다른 등장인물들이 잔뜩 겁에 질려서 덜덜 떤다. 흘레스타코프는 더욱 열을 올린다) 아! 난 농담하는 걸 별로 좋아하지 않습니다. 난 그런 사람에게 호통을 쳤어요. 추밀원[+]조차도 날 두려워할 정도였지요. 이미 모두 알고 있는 사실을 더 이상 말할 필요가 있겠습니까? 내가 바로 그런 사람입니다. 나는 누구도 두려워하지 않습니다. 나는 모든 사람들에게 "스스로 내 자신의 가치를 잘 안다"고 말합니다. 난 어디든지 마음대로 갈 수 있습니다. 날마다 왕궁에도 들어갑니다. 내일이라도 당장 총사령관에 임명될지도⋯⋯. (살짝 미끄러져서 마룻바닥에 나뒹굴 뻔했으나 관리들이 공손히 부축한다)

시장   (온몸을 부들부들 떨며 다가와 어떤 말을 하려고 애쓴다) 가⋯⋯ 가⋯⋯가⋯⋯ 각⋯⋯.

흘레스타코프   (빠르고 날카로운 목소리로) 무슨 말이지요?

시장   그러니까 가⋯⋯가⋯⋯가⋯⋯ 각⋯⋯.

흘레스타코프   (아까와 같은 목소리로) 무슨 소린지 못 알아듣겠군요. 모두 쓸데없는 소리겠지만.

[+] **추밀원**: 제정 러시아 때 국가의 중요 업무를 관장한 최고 위원회.

시장 가, 가, 각……하, 각하, 휴식을 취하시지 않겠습니까? 여기
　　　가 묵으실 방이고, 필요한 것은 모두 갖춰져 있습니다.

흘레스타코프 휴식은 무슨 휴식입니까? 아니, 휴식을 취하는 것도
　　　괜찮아요. 여러분과의 식사는 매우 훌륭했어요. 만족해요,
　　　아주. (시 낭독을 하듯이) 소금에 절인 대구! 소금에 절인 대구!

흘레스타코프가 옆방으로 들어가고, 시장이 그 뒤를 따라 들어간다.

7장

흘레스타코프와 시장을 제외한, 앞 장에 출연했던 모든 등장인물 등장.

보브친스키 (도브친스키에게) 표트르 이바노비치, 저런 분을 일컬어
진짜 인물이라고 하는 거야. 진짜 인물이 어떤 사람인지를
보여 주는 분이라니까. 저렇게 지체 높은 분과 자리를 함께
해 본 적은 내 평생 처음이야. 어찌나 두렵던지 하마터면 까
무라칠 뻔했다니까. 표트르 이바노비치, 자네 생각으론 저
분의 직급이 어느 정도나 될 듯싶은가?

도브친스키 적어도 장군쯤은 되지 않겠어?

보브친스키 내 생각엔 말이야, 장군이라 해도 저분의 발뒤꿈치도
못 따라갈걸! 틀림없이 총사령관쯤은 될 거야. 왜 아까 추밀
원도 휘어잡았다고 하지 않던가? 어서 가서 암모스 표도로
비치 판사와 카로브킨에게 얘기해 줘야겠어. 안나 안드레예
브나, 저희는 이만 물러갑니다.

도브친스키 대모님, 안녕히 계세요.

도브친스키와 보브친스키 둘 다 퇴장한다.

아르체미 필리포비치   (루카 루키치 교육감에게) 정말 무섭군. 왜 그런지는 나도 잘 모르겠지만. 하긴 우린 지금 제복도 걸치지 않고 있으니 뭐 별일이야 있겠어? 그런데 그분이 한숨 푹 자고 일어나서 상트페테르부르크로 보고서를 보낼까? (생각에 잠긴 채 교육감과 함께 퇴장한다) 부인, 안녕히 계십시오!

∾8장∾

안나 안드레예브나와 마리야 안토노브나 등장.

안나 안드레예브나 아, 정말 매력적인 젊은이야!

마리야 안토노브나 정말 너무 멋져요!

안나 안드레예브나 그분이 사람 대하는 걸 봐! 세련된 도시 사람이라는 걸 한눈에 알아볼 수 있지. 일단 만났으니까 그걸로 이 일의 반은 성사된 거나 마찬가지야. 아, 기분 좋아! 난 저런 젊은이가 정말 좋다니까! 혼이 다 빠질 지경이야. 그 사람도 나를 맘에 들어하는 게 틀림없어. 계속해서 나를 힐끔거리던걸.

마리야 안토노브나 엄마, 그분은 나만 바라보셨어요.

안나 안드레예브나 그런 말도 안 되는 소리를 하려거든 저리 꺼져! 그게 말이나 되는 소리니?

마리야 안토노브나 아니에요, 엄마. 정말이에요.

안나 안드레예브나 또 시작이군! 시비 걸지 말라고 내가 분명히 경고했다! 대체 네게 볼 게 뭐가 있니? 무슨 이유로 그분이 널 쳐다보겠어?

마리야 안토노브나 정말이에요, 엄마. 줄곧 나만 쳐다봤다니까요.

문학에 대한 이야기를 하면서도 나를 힐끔거렸고, 프랑스 공사, 독일 공사들과 벌였던 카드 놀이에 대해 이야기할 때도 나를 쳐다봤어요.

안나 안드레예브나　그래, 네 말대로 한 번쯤은 쳐다봤을 수도 있겠지. 하지만 그건 단지 쳐다본 것일 뿐이야. 속으로 '그럼 이젠 저 여자를 한번 쳐다볼까' 하고 생각하면서 말이지.

9장

앞 장의 등장인물들과 시장 등장.

시장　(발뒤꿈치를 들고 살금살금 걸어 들어온다) 쉿, 쉿…….

안나 안드레예브나　무슨 일이에요?

시장　술을 잔뜩 먹이긴 했지만 아무래도 마음이 놓이지 않아서. 그건 그렇고, 저 친구가 늘어놓은 말이 절반이라도 사실이면 어쩐다? (생각에 잠긴다) 사실이 아닐 리 없어. 술에 취하면 누구나 진실을 말하게 마련이지. 속에 담아 뒀던 이야기들이 쏟아져 나오게 되어 있어. 물론 약간 과장되긴 하지만, 허풍을 떨지 않고서 무슨 이야기를 할 수 있겠어. 장관들과 어울려 놀고 왕궁에 드나드신다……. 그게 과연 사실인지 아닌지 알 수가 없단 말이야. 대체 저 친구의 머릿속에 무슨 꿍꿍이가 들어 있을까? 어찌 보면 생각이 좀 짧은 친구 같기도 하고, 어찌 보면 내 목을 조르는 것 같기도 하고.

안나 안드레예브나　내가 보기엔 절대 소심한 사람은 아닌 것 같아요. 매우 교육을 잘 받은 품위 있는 상류 계층임에 분명해요. 직급이 무엇이건 그게 대수겠어요?

시장　어련하시겠어! 여자들 생각이란 게 다 그렇지. 여자라는 한

114

마디면 충분해! 엉뚱한 소리나 지껄이질 않나, 여자들이란 정말이지 생각이 없는 존재들이라니깐! 여자들에겐 채찍 몇 대 맞고 끝날 일이 남자들한테는 운명이 걸린 일이 될 수도 있단 말이야. 그리고 아까 보니 당신은 그 친구를 마치 도브친스키 같은 사람 대하듯 너무 편하게 대하더군.

안나 안드레예브나 그런 거라면 걱정 안 하셔도 돼요. 우리도 어떻게 해야 하는지 정도는 알고 있으니까…… (딸을 쳐다본다)

시장 (혼자서) 흠, 그자가 여자들과 이야기를 나누다니……. 정말 뜻밖의 일이군! 난 무서워서 지금도 아찔한데 말이야. (문을 열고 바깥을 향해 말한다) 미슈카, 스비스투노프 경찰관과 제르쥬모르다를 불러와. 지금 대문 근처 어딘가에서 서성이고 있을 거야. (잠시 침묵한 후에) 모든 일이 정말 이상하게 돌아가는군. 마르고 호리호리한 사람이라는 정보만으로 그자가 누군지 대체 무슨 수로 알아낸단 말이야? 군인이라면 계급장만 봐도 신분을 알 수 있는데 연미복을 걸치고 있으니……. 이거야 원, 날개가 떨어져 나간 파리마냥 풍뎅이인지 땅벌인지 정체를 알 수 없잖아. 아까 여관에선 한참 동안 속내를 드러내지 않고 평생이 걸려도 풀릴 것 같지 않은 애매한 표현만 퍼부어 대더니, 그래도 결국엔 걸려들었어! 필요 이상으로 너무 말을 많이 했단 말이야. 확실히 풋내기 티가 난다니까.

앞 장에 등장했던 인물들과 오시프. 모두 오시프를 향해 뛰어가면서 손짓한다.

안나 안드레예브나   이보게, 이쪽으로 좀 와 보게!

시장   쉿!…… 뭐야? 벌써 주무시는가?

오시프   아뇨, 아직 아닙니다. 잠시 기지개를 켜고 계십니다.

안나 안드레예브나   이보게, 자네 이름이 뭔가?

오시프   오시프입니다, 마님.

시장   (아내와 딸에게) 뭐야, 뭣 땜에 또 와서 참견이야! (오시프에게)
그래, 식사는 잘했나?

오시프   잘 먹었습니다. 이렇게 배불리 먹을 수 있게 해 주셔서 정
말 감사드립니다, 나리.

안나 안드레예브나   그럼 말이야, 뭣 좀 물어 보세. 보아하니 자네 주
인 댁에 백작이니 공작이니 하는 분들이 꽤 많이 찾아오시
는 것 같던데, 정말 그런가?

오시프   (방백) 이거, 뭐라고 말해야 되나! 지금도 배불리 먹여 주고
있으니, 말만 잘하면 더 잘 먹여 주겠지? (소리 내어 말한다)
네, 백작 나리들이 자주 오시지요.

마리야 안토노브나   이봐, 오시프, 자네 주인은 정말 좋은 분인 것 같아!

안나 안드레예브나　그럼 말해 보게, 오시프. 자네 주인은 왜⋯⋯.

시장　됐어, 제발 그만 좀 해! 그런 쓸데없는 말로 나를 방해하지 말란 말이야. 저기 말이야, 그래 어떤가⋯⋯?

안나 안드레예브나　그럼 자네 주인의 직급이 뭔가?

오시프　뭐, 흔히 볼 수 있는 직급이죠.

시장　이거야 원, 정말 계속 그런 바보 같은 질문이나 해 대고 있을 거야! 일 얘기 좀 하게 제발 입 좀 다물고 있으란 말이야. 이보게, 자네 주인의 기질은 어떤 편인가? 엄하신가? 꾸지람을 많이 하는 편인가, 아니면 그 반대인가?

오시프　질서정연한 것을 좋아하시죠. 주인 나리께서는 모든 것을 다 뜯어고쳐야 된다고 생각하십니다.

시장　이보게, 자네가 내 맘에 쏙 드는군! 아마도 자넨 틀림없이 좋은 사람일 게야. 그럼 말이야⋯⋯.

안나 안드레예브나　오시프, 자네 주인은 상트페테르부르크에서 제복을 입고 다니시나, 아니면⋯⋯.

시장　이제 그만 해. 그 입 좀 그만 다물란 말이야. 지금 중요한 이야기를 하고 있잖아. 한 사람의 인생이 걸린 문제라고! (오시프에게) 이보게, 난 자네가 맘에 쏙 든다는 건 빈말이 아닐세. 여행 중에 따뜻한 차 한 잔 마시는 것만큼 좋은 게 또 어디 있겠나. 날씨도 제법 쌀쌀해졌는데, 자, 여기 찻값 2루블일세.

오시프　(돈을 받아 들면서) 정말 감사합니다, 나리. 부디 건강하십시오. 이런 불쌍한 인간에게 온정을 다 베푸시다니…….

시장 괜찮아, 괜찮아. 나도 기쁘다네. 그런데 말일세, 자네…….

안나 안드레예브나 이보게, 오시프! 자네 주인은 어떤 색깔의 눈동자를 좋아하시나?

마리야 안토노브나 오시프, 자네 주인은 코가 참 자그마하고 귀엽게 생겼어!

시장 자, 이제 그만, 내게도 말할 틈을 줘야지! (오시프에게) 이보게, 저 말일세, 자네 주인이 어디에 관심을 두고 계신지 귀띔을 좀 해 주게나. 그러니까…… 여행 중에 자네 주인이 마음에 들어하셨던 게 뭔가?

오시프 주인 나리께서 뭘 좋아하시냐고요? 제가 지켜본 바로는, 그때그때 형편에 따라 조금씩 다릅니다. 하지만 무엇보다도 융숭하게 맞이해 주고, 또 좋은 요리로 대접해 주는 걸 좋아하시지요.

시장 좋은 요리라고?

오시프 네, 저야 뭐 시종에 불과합니다만, 주인 나리께서는 항상 제가 잘 지내고 있는지 마음을 써 주시거든요. 절대 거짓말을 하는 게 아닙니다. 어딜 가나 항상 "어때, 오시프? 음식은 먹을 만했나?" 하고 물어보시죠. 그래서 제가 "별로였습니다. 나리!"라고 대답하면 이렇게 말씀하시죠. "흠, 괘씸한 놈이군. 집에 도착하면 그 주인 놈에 대해 내게 다시 한번 상기시켜 주도록 해." 그럼 전 속으로 (체념의 표정을 지은 후) "그냥 넘어가자! 난 보잘것없는 인간이야"라고 생각하고 말죠.

시장 좋아, 좋아, 그런 일은 그냥 말해도 되네. 내가 아까 자네에게 찻값을 좀 줬지? 자, 여기 빵도 좀 사 먹을 수 있도록 돈을 더 얹어 줌세.

오시프 제가 뭘 했다고 이런 상을 내려 주십니까, 나리? (돈을 숨긴다) 정말이지 꼭 나리의 건강을 빌며 한잔 마시겠습니다.

안나 안드레예브나 나중에 내게도 들려 주게, 오시프! 나도 줄 테니까.

마리야 안토노브나 오시프! 당신 주인께 사랑한다고 전해 줘!

옆방에서 흘레스타코프의 작은 기침 소리가 들린다.

시장 쉿! (까치발을 하고 일어선다. 무대의 배우들이 모두 소곤거린다) 웅성대지 말라니까! 각자 자기 방으로 돌아가도록 해! 그만 하라니까⋯⋯.

안나 안드레예브나 가자, 마셴카! 내가 우리 손님에게서 알아낸 것을 얘기해 줄게. 이건 우리 여자들끼리만 할 수 있는 얘기란다.

시장 이런, 침실에 가서 또 수다를 떨겠단 말이군! 따라가서 들어 보면 이내 귀를 틀어막고 싶어질 게 분명해! (오시프를 바라보면서) 그럼, 잘 자게나⋯⋯.

✎11장✐

앞 장의 등장인물들. 제르쥬모르다와 스비스투노프 등장.

시장   쉿! 이런 안짱다리 곰 같은 녀석들! 웬 구두 소리가 이렇게 요란해! 마치 40푸드나 나가는 무거운 물건을 집어던지기라도 하듯 쿵쿵 소리를 내는군! 대체 어디 있었던 거야?

제르쥬모르다   명령하신 곳에 있었습니다만…….

시장   쉿! (제르쥬모르다의 입을 틀어막는다) 까마귀처럼 깍깍거리기는! (제르쥬모르다의 흉내를 내면서 놀린다) "명령하신 곳에 있었습니다만!" 어디 나무통 속에라도 갇혀 있다가 나오기라도 한 것처럼 으르렁대는군. (오시프에게) 자네는 가서 자네 주인에게 필요한 것들을 준비하게. 혹시 부족한 것이 있다면 말하게! (오시프 퇴장한다) 그리고 너희는 현관에 꼼짝 말고 서 있도록 해! 관계없는 자들은 아무도 집 안으로 들이지 말고. 특히 장사꾼 놈들을 각별히 주의해야 돼! 그놈들 중에 한 명이라도 집 안으로 들여보내는 날에는 네 놈들도 무사하지 못할 거야! 누가 탄원서를 들고 오는지 잘 살펴보도록 해. 그리고 참, 탄원서를 안 들고 있더라도 혹시 나를 탄원하려는 기미가 엿보이는 놈들은 그 자리에서 목을 확 걷어차 버

려! 이렇게 말이야, 이렇게! (발로 시늉을 해 보인다) 알아들었
나? 쉿, 쉿……. (경찰관들의 뒤를 따라 뒤꿈치를 들고 살금살금 퇴
장한다)

제4막

시장 저택의 같은 방

암모스 표도로비치, 아르체미 필리포비치, 우체국장, 루카 루키치, 도브친스키
와 보브친스키가 정장과 제복을 완벽하게 차려입고, 뒤꿈치를 바짝 든 채 조심
스럽게 들어온다. 무대에 나온 등장인물들 전체가 소곤거린다.

암모스 표도로비치   (반원형 모양으로 모두를 둘러 세운다) 제발 여러분,
얼른 둥글게 서 주시기 바랍니다. 좀 더 잘 정열해 보시라고
요! 왕궁에도 출입하고, 추밀원에서도 호통을 치는 대단한
분이라고 하지 않습니까! 잘 좀 서 보세요! 군대식으로 발
간격을 맞추세요. 군대식으로 말입니다. 거기 표트르 이바
노비치, 이쪽으로 뛰어와요. 그리고 표트르 이바노비치, 당
신은 거기 그대로 서 있도록 해요.

두 명의 표트르 이바노비치가 까치발을 하고 뛰어간다.

아르체미 필리포비치   당신 생각은 어떻소, 암모스 표도로비치 판사?
뭐라도 준비해야 되지 않을까 싶은데…….
암모스 표도로비치   정확히 뭘 준비한단 말이오?
아르체미 필리포비치   그야 뻔하지 않겠소.

암모스 표도로비치　뇌물을 먹이자는 말이오?

아르체미 필리포비치　그렇소, 뇌물이라도 써야지.

암모스 표도로비치　그건 좀 위험할 것 같은데. "국가적인 중요 인물을 뭘로 보는 거야!" 하고 호통을 치면 어쩌죠? 차라리 무슨 기념품 같은 걸 준비해서 귀족들이 보낸 선물이라고 하면 어떻겠소?

우체국장　아니면 말이죠, 우편으로 누가 돈을 보내 왔는데, 누구한테 온 것인지 도무지 알 수가 없다며 건네주는 것은 어떨까요?

아르체미 필리포비치　조심하세요. 그러다가 오히려 그분이 당신을 우편으로 멀리 부쳐 버릴지도 모릅니다. 제대로 된 국가에선 이런 식으로 일을 처리하지 않는 법이오. 일개 소대처럼 이렇게 한자리에 모여 한꺼번에 소개해야 된다는 법이라도 있습니까? 제대로 된 국가에서 하듯이 한 사람씩 차례로 들어가서 만나 봅시다. 단 둘이 마주 대하고 이야기해야 다른 사람들이 대화를 듣지 못하지 않겠소. 바로 이게 제대로 된 사회에서 일 처리하는 방식입니다! 그럼, 암모스 표도로비치 판사, 당신부터 먼저 시작하는 게 어떻겠소?

암모스 표도로비치　내 생각엔 당신이 더 나을 듯싶군. 지체 높은 방문객께서 식사를 한 곳도 당신 자선 병원이었잖소.

아르체미 필리포비치　나보다는 청년 계몽가 루카 루키치 교육감이

적임자인 것 같군요.

루카 루키치   여러분, 난 안 돼요. 못 해요! 솔직히 말해서 저는 저보다 조금이라도 더 직급이 높은 사람과 이야기를 나누면 심장이 얼어 버리고 혀는 진창에 빠지기라도 한 듯 옴짝달싹하질 않습니다. 여러분, 제발 제 사정 좀 봐 주세요!

아르체미 필리포비치   자, 암모스 표도로비치 판사, 이 일을 할 수 있는 사람은 오직 당신뿐이오. 당신은 입만 열었다 하면 웅변가 키케로[+]로 돌변하는 사람 아니오?

암모스 표도로비치   무슨 소리요? 키케로라니 당치 않소이다! 정말 잘도 갖다 붙이시는구려! 어쩌다 집 사냥개나 정찰용 사냥개에 대해 정신없이 이야기한 적은 있지만······.

일동   (암모스 표도로비치에게 달려들면서) 아니요, 당신은 개에 대한 이야기뿐 아니라 바벨탑에 대한 전설도 이야기했잖소. 암모스 표도로비치 판사, 부디 우리 청을 뿌리치지 마시오. 우리를 좀 살려 주시오! 제발 부탁이요, 암모스 표도로비치 판사······.

암모스 표도로비치   여러분, 저리들 좀 비켜 주세요!

이때 흘레스타코프의 방에서 발소리와 함께 가래침 뱉는 소리가 들린다. 모두

✛ **키케로** : 로마의 유명한 웅변가이자 정치가, 철학자.

앞을 다투어 문 쪽으로 다가가 몰려나가려고 한다. 그 와중에 서로 몸싸움이 일어나며 낮은 비명 소리가 들린다.

보브친스키의 목소리   이런! 표트르 이바노비치, 표트르 이바노비치, 내 발 밟지 마!
아르체미 필리포비치의 목소리   이봐요, 나 좀 놔 줘요. 숨 막혀 죽겠어요! 완전히 깔렸단 말입니다.

'어이코! 이런!' 하는 비명 소리가 여기저기서 튀어나온다. 마침내 모두들 서로 밀치고 나간 뒤 방 안은 텅 빈다.

∽2장∽

흘레스타코프가 잠이 덜 깬 얼굴로 등장.

흘레스타코프 한잠 늘어지게 잘 잤다. 그런데 이 사람들은 대체 어디서 이런 요와 깃털 이불을 구한 거지? 온몸이 땀에 흠뻑 젖었군. 아직도 머리가 지끈거리는 걸 보면 아무래도 어제 점심 때 녀석들이 내게 뭔가를 마시게 한 것 같아. 어쨌든 여기서 아주 유쾌한 시간을 보낼 수 있겠어. 난 환대를 받는 게 좋단 말이야. 솔직히 말해서 뭔가 은밀한 속셈이 아니라 진심으로 나를 맞아 주는 거라면 더 좋을 텐데. 시장 딸도 그리 못생긴 것 같진 않고, 엄마라는 사람도 뭐 그런대로……. 에라, 모르겠다. 정말 살맛 나는군.

3장

흘레스타코프, 암모스 표도로비치 등장.

암모스 표도로비치   (들어와서 잠깐 멈춰 선 후 혼자 중얼거린다) 오, 신이
시여! 제발 무사히 지나갈 수 있도록 도와 주소서. 무릎까지
이렇게 떨려서야……. (자세를 똑바로 하고, 한 손으로 장검을 누
른 채 큰 소리로 말한다) 제 소개를 하게 되어 영광입니다. 이곳
지방 법원 판사로 있는 8급 관리 랴프킨-챠프킨입니다.

흘레스타코프   자, 앉으세요. 이곳의 판사라는 말씀이지요?

암모스 표도로비치   1816년부터 3년 간의 임기로 귀족회의에서 선
출되어 지금까지 계속 직무를 수행하고 있습니다.

흘레스타코프   판사로 근무하면 아무래도 유리한 점이 많겠죠?

암모스 표도로비치   3년 임기를 세 번이나 근속한 공로로 블라디미
르 4등 훈장을 받았습니다. (방백) 돈을 움켜쥐고 있으려니
주먹이 불덩이 같군.

흘레스타코프   나도 블라디미르 훈장이 맘에 듭니다. 이제 안나 3등
훈장✛은 예전만 못하죠.

✛ 안나 3등 훈장 : 성(聖) 안나를 기념하는 비교적 낮은 등급의 훈장. 블라디미르 4등 훈장이 안나 3등 훈
장보다 훨씬 높은 등급의 훈장이다.

암모스 표도로비치   (꽉 움켜쥔 주먹을 약간 앞으로 내밀면서, 방백) 이런 맙소사, 어디에 앉아 있는지조차 모르겠군. 마치 바늘방석에 앉아 있는 기분이야.

흘레스타코프   손에 쥐고 있는 게 뭐죠?

암모스 표도로비치   (당황하여 마룻바닥에 지폐를 떨어뜨린다) 아니, 아무 것도 아닙니다.

흘레스타코프   아무것도 아니라니? 돈이 떨어지지 않았습니까?

암모스 표도로비치   (온몸을 부들부들 떨면서) 그럴 리가 없습니다. (방백) 아, 이를 어쩐다! 이젠 내가 법정에 세워질 판이로군! 나를 체포하기 위해 곧 마차가 오겠지?

흘레스타코프   (일어나면서) 이것 봐요, 돈이잖습니까.

암모스 표도로비치   (방백) 끝장났군. 망했다! 망했어!

흘레스타코프   저기, 이 돈을 내게 좀 빌려 줄 수 있을지…….

암모스 표도로비치   (서둘러서) 무슨 그런 말씀을……. 기꺼이 빌려 드리고 말구요. (방백) 그래, 좀 더 용기를 내자, 용기를! 성모 마리아 님, 도와 주소서!

흘레스타코프   내가 말입니다, 여행 중에 돈을 다 써 버리고 말았지 뭡니까. 뭐, 여기저기에 말이죠……. 아무튼 이 돈은 고향에 도착하는 즉시 부쳐 드리지요.

암모스 표도로비치   무슨 그런 말씀을 다 하십니까! 당치 않습니다. 그렇게 하지 않으셔도 됩니다. 제게는 영광일 따름입니다.

비록 미약한 힘이지만 제 정성과 노력이 정부에 보탬이 될 수만 있다면…… 더 열심히 일하겠습니다. (의자에서 몸을 일으켜 허리를 쭉 펴고 두 손을 바지 양쪽 솔기에 갖다 붙인 후 차렷 자세를 취한다) 그럼 더 이상 각하의 귀한 시간을 허비하지 않도록 이만 물러가겠습니다. 혹시 다른 지시 사항은 없으신지요?

흘레스타코프   어떤 지시 사항 말씀인가요?

암모스 표도로비치   그러니까 제 말씀은, 이곳 지방 법원에 따로 지시하실 사항은 없나 해서요.

흘레스따꼬   웬걸요? 난 그럴 필요성을 전혀 못 느꼈는데요.

암모스 표도로비치   (인사를 하고 퇴장하면서 방백) 이제 도시는 우리 거야! 살았다!

흘레스타코프   (암모스 표도로비치가 퇴장한 후) 판사라고 했지? 고마운 사람이군!

흘레스타코프와 우체국장 등장. 자세를 바로 한 후 장검을 손으로 누른 채 제복을 입은 우체국장이 들어온다.

우체국장 제 소개를 하게 되어 영광입니다. 우체국장으로 있는 7급 관리 슈페킨입니다.

흘레스타코프 아! 어서 오세요. 난 유쾌한 만남을 매우 좋아합니다. 자, 앉으세요. 이 도시를 떠나신 적이 없나 보죠?

우체국장 네, 그렇습니다.

흘레스타코프 이 도시가 매우 마음에 듭니다. 사람은 그다지 많진 않지만, 수도도 아니니 뭐 어떻습니까? 이 도시가 수도가 아닌 건 사실이지 않습니까?

우체국장 지당하신 말씀입니다.

흘레스타코프 확실히 수도는 우아하고 기품이 있지요. 하지만 시골풍의 소박함은 찾아보기 힘들어요.

우체국장 네, 그렇습니다. (방백) 어라? 전혀 거만하지 않은걸. 별걸 다 물어보네.

흘레스타코프 진정으로 행복한 삶은 작은 도시에 살면서도 꾸려 나갈 수 있지 않겠습니까?

우체국장   네, 그렇습니다.

흘레스타코프   그럼 더 이상 뭐가 필요하겠습니까? 서로 존경하고 진심으로 사랑하는 마음이 중요한 거죠. 그렇지 않습니까?

우체국장   지당하신 말씀입니다.

흘레스타코프   나와 같은 생각을 가진 분을 만나니 참 반갑군요. 어떤 사람들은 나를 이상하게 생각하기도 하지만, 천성이 그런 것을 어쩌겠습니까. (우체국장을 쳐다보면서 혼자 중얼거린다) 우체국장한테도 돈을 좀 빌려 봐야겠군. (소리 내어) 사실은 내게 정말 난처한 일이 생겼습니다. 어쩌다 보니 여행 중에 돈을 다 써 버리고 말았답니다. 혹시 300루블 정도 빌려 줄 수 있겠습니까?

우체국장   왜 안 되겠습니까? 기쁘기 한량없습니다. 받으시지요. 저는 항상 진심으로 봉사할 준비가 되어 있습니다.

흘레스타코프   정말 감사합니다. 솔직히 말해, 여행 중에 하고 싶은 걸 제대로 못 하면 정말 짜증납니다. 그럴 필요가 없죠. 안 그렇습니까?

우체국장   네, 그렇습니다. (일어나서 자세를 바로 하고 장검을 손으로 꼭 쥔다) 더 지체하면 심려를 끼칠 것 같아서……. 우체국에 관련된 지적 사항은 없으신지요?

흘레스타코프   아뇨, 없습니다.

우체국장이 인사하고 퇴장한다.

흘레스타코프　(담배에 불을 붙이면서) 우체국장도 정말 좋은 사람인 것
　　　　　같군. 적어도 남을 배려할 줄 아는 사람이야. 난 그런 사람
　　　　　들이 마음에 든단 말이야.

홀레스타코프와 루카 루키치. 루카 루키치는 문에서 거의 떠밀려 들어오다시피
등장한다. 그의 등 뒤에서 '겁낼 게 뭐 있어?'라는 소리가 들린다.

루카 루키치   (장검을 손으로 꼭 쥐고 다소 떨면서 차렷 자세를 취한다) 제
         소개를 올리게 되어 영광입니다. 교육감으로 있는 9급 관리
         흘로포프입니다.

흘레스타코프   아, 어서 오세요. 앉으세요! 담배 피우시겠어요? (루
         카 루키치에게 담배를 내민다)

루카 루키치   (망설이면서 혼잣말을 한다) 앗, 이를 어쩐다, 이런 일은
         전혀 예상하지 못한 건데. 받아야 하나 말아야 하나?

흘레스타코프   자, 받으세요, 받아요. 이건 그럭저럭 괜찮은 담배랍
         니다. 물론 상트페테르부르크에 있는 것만큼은 아니지만 말
         이죠. 상트페테르부르크에서는 100개비에 25루블 하는 담
         배를 피웠지요. 담배를 다 피우고 나면 내 손에 입을 맞추고
         싶을 정도로 맛이 좋답니다. 자, 불은 여기 있어요, 어서 피
         우세요. (루카 루키치에게 촛불을 건넨다)

루카 루키치는 담배를 피워 보려고 애쓰지만 여전히 떨고 있다.

흘레스타코프 아, 그쪽이 아니에요, 거꾸로 물었군요.

루카 루키치 (놀라서 담배를 떨어뜨린다. 침을 뱉고 나서 손으로 연기를 휘 저은 후 혼잣말을 한다) 내가 이럴 줄 알았어! 그 빌어먹을 놈의 소심증이 결국 일을 망치는구나!

흘레스타코프 당신은 담배를 그다지 좋아하지 않나 보군요. 나는 담배 없이는 못 살 정도랍니다. 내 약점 중의 하나지요. 여 자들에 관한 것도 마찬가지예요. 도무지 무관심할 수가 없 다니까요. 당신은 어떤가요? 검은머리 여자가 좋나요, 아니 면 금발이 좋나요?

루카 루키치는 무슨 대답을 해야 될지 몰라 어리둥절한 표정으로 서 있다.

흘레스타코프 괜찮아요, 솔직히 말해 보세요. 검은머리 쪽입니까, 금발 쪽입니까?

루카 루키치 잘 모르겠습니다.

흘레스타코프 아, 거 참, 그런 식으로 빼지 마세요. 난 그저 당신 취 향을 알고 싶을 뿐입니다.

루카 루키치 그럼, 감히 말씀 올리겠습니다. (방백) 대체 나보고 어 쩌라는 거야? 나도 뭐가 좋은지 잘 모르겠군.

흘레스타코프 아! 말하고 싶지 않은 게로군요. 어떤 검은머리 아가 씨가 당신에게 작은 마음의 상처를 남기고 갔던 게 분명하군요. 그렇죠? 내 말이 맞죠?

루카 루키치는 침묵하고 있다.

흘레스타코프   앗! 저런! 얼굴이 빨개지셨네. 보세요, 보시라고요.
          뭣 때문에 말을 안 하는 거죠?

루카 루키치   겁이 나서 그렇습니다. 가……가……각…… (방백)
          빌어먹을, 이런 망할 놈의 헛바닥을 봤나, 빌어먹을!

흘레스타코프   겁이 난다구요? 사실 내 눈 속에는 상대방을 위축시
          키는 뭔가가 있지요. 어떤 여성이든 내가 한번 쳐다보기만
          하면 다들 내 눈 속에 푹 빠져드니까요. 그렇게 생각하지 않
          나요?

루카 루키치   네, 그렇습니다.

흘레스타코프   그런데 말입니다, 내게 참 곤란한 일이 생기고 말았
          지 뭡니까! 여행 중에 돈이 바닥나고 말았는데, 혹시 300루
          블 정도 빌려 줄 수 있나요?

루카 루키치   (호주머니를 움켜잡고 혼잣말을 한다) 이건 또 무슨 해괴한
          소리야! 돈이 없으면 어떻게 되는 거지? 앗, 있다, 있어. (돈
          을 꺼내어 부들부들 떨면서 지폐를 건넨다)

흘레스타코프   정말 고맙소.

루카 루키치   그럼 이만 물러가겠습니다.

흘레스타코프　잘 가시오.

루카 루키치　(잰 걸음으로 황급히 뛰어나가면서 방백) 십년감수했네! 아마도 교실을 기웃거리는 일은 없을 것 같군.

❧ 6장 ❧

흘레스타코프, 그리고 칼을 움켜쥔 채 부동 자세를 취하고 있는 아르체미 필리포비치 등장.

아르체미 필리포비치　제 소개를 올리게 되어 영광입니다. 자선 병원장으로 있는 7급 관리 지플랴니카라고 합니다.

흘레스타코프　안녕하시오? 자, 좀 앉으세요.

아르체미 필리포비치　일전에 제 감독 하에 있는 자선 병원에서 각하를 수행하며 개인적으로 영접할 수 있는 기회를 주셔서 정말 영광이었습니다.

흘레스타코프　아, 그렇군요! 기억납니다. 그날 병원장께서 매우 융숭한 대접을 해 주셨죠.

아르체미 필리포비치　조국을 위해 봉사할 수 있다는 것 자체가 제게는 기쁨입니다.

흘레스타코프　사실 식도락을 즐기는 건 내 단점이기도 합니다. 그런데 어제는 키가 좀 더 작은 분인 줄 알았는데 지금 다시 보니 아닌 것 같군요. 내가 잘못 본 건가요?

아르체미 필리포비치　아마 그러셨을 가능성이 큽니다. (잠깐 동안 침묵한다) 저는 아무런 사심 없이 열성적으로 근무하고 있다는 사실을 자신 있게 말씀드릴 수 있습니다. (의자를 끌어 흘레스타코프 쪽으로 바짝 다가간 후 낮은 목소리로 속삭인다) 우리 시 우체국장이야말로 정말 아무것도 하는 일이 없습니다. 일을 내팽개쳐 두는 바람에 소포가 지연되는 일도 다반사죠. 한번 가서서 직접 조사해 보시는 게 좋을 겁니다. 방금 전에 들어왔던 판사도 우체국장과 다를 바 없는 인간이죠. 토끼 사냥에만 정신이 팔려 허구한 날 사냥이나 다니고, 법원 사무실에서 개까지 기르고 있습니다. 각하 앞이라서가 아니라 조국에 보탬이 되고자 드리는 말씀입니다. 사실 판사는 제 친척뻘이자 친구지만, 그자의 행실은 비난받아 마땅합니다. 이 도시에는 각하께서도 이미 보신 적이 있는 도브친스키라는 지주가 살고 있는데, 도브친스키가 외출만 하면 판사가 잽싸게 달려가 도브친스키 아내 옆에 붙어 있습니다. 이 일에 관해 전 맹세도 할 수 있습니다. 오죽하면 도브친스키의 자식들 가운데 한 명도 도브친스키를 닮은 녀석이 없겠습니까. 글쎄, 어린 딸까지도 판사를 꼭 빼닮았다니까요.

흘레스타코프　　　정말 상상조차 하기 힘든 일이군요!

아르체미 필리포비치　　　교육감이란 자도 문제가 있습니다. 대체 정부에서는 어쩌자고 그런 자에게 교육감이란 직책을 내렸는지 알 수가 없습니다. 그자는 자코뱅⁺ 당원보다도 더 질이 좋지 않은 자랍니다. 심지어는 입에 담기조차 민망한 불온 사상들을 들먹이면서 학생들을 부추기고 있습니다. 제가 이 모든 내용들을 서면으로 보고를 올리는 편이 더 낫지 않을까요? 지시만 내려 주십시오.

흘레스타코프   좋습니다. 서면으로 보고하세요. 그럼 매우 고맙겠군요. 난 심심할 때면 뭔가 재미난 것을 읽기 좋아한답니다. 성함이 뭐였죠? 내가 뭐든 잘 잊어 버리는 편이라…….

아르체미 필리포비치   지믈랴니카라고 합니다.

흘레스타코프   아, 맞아요, 지믈랴니카. 그건 그렇고, 자제분들은 있나요?

아르체미 필리포비치   왜 없겠습니까, 다섯 놈이나 있답니다. 그 가운데 두 놈은 벌써 성인이고요.

흘레스타코프   오호라, 성인이라고요! 그럼 자제분들은 어떻게……. 그러니까 자제분들의 그것이 어떻게 되는지요……?

아르체미 필리포비치   제 자식 놈들의 이름 말인가요?

흘레스타코프   맞아요, 이름들이 어떻게 되죠?

아르체미 필리포비치   니콜라이, 이반, 엘리자베타, 마리야, 그리고 남은 한 녀석은 페레페투야입니다.

흘레스타코프   이름들이 좋군요.

아르체미 필리포비치   그럼 각하가 성스러운 임무를 집행하시는 귀

✤ **자코뱅** : 1789년 프랑스 파리의 자코뱅 수도원에서 급진 민주주의를 표방하며 결성된 세력.

한 시간을 더 이상 빼앗지 않기 위해 이만 물러가겠습니다.

(작별 인사를 고한다)

흘레스타코프   (배웅하면서) 아뇨, 괜찮습니다. 병원장이 한 이야기들도 모두 재미있었습니다. 다음에도 혹 시간이 된다면 재미난 이야기 많이 부탁드리겠습니다. 난 그런 이야기 듣는 걸 무척 좋아합니다. (돌아왔다가 다시 문을 열어 아르체미 필리포비치의 등에 대고 소리친다) 이봐요, 당신! 성함이 뭐라고 했죠? 당신 이름과 성을 또 깜빡했군요.

아르체미 필리포비치   아르체미 필리포비치라고 합니다.

흘레스타코프   부탁이 있는데, 아르체미 필리포비치. 실은 나한테 좀 난처한 일이 생겨서 여비가 다 떨어져 버렸답니다. 혹시 돈 가진 게 있으면 400루블 정도만 좀 빌려 주시면 안 되겠습니까?

아르체미 필리포비치   당연히 빌려 드려야죠.

흘레스타코프   잘 됐군요. 정말 감사합니다.

7장

흘레스타코프, 보브친스키와 도브친스키 등장.

보브친스키 소개 올리게 되어 영광입니다. 이 도시에 사는 표트르 이바노프의 아들 보브친스키입니다.

도브친스키 지주 표트르 이바노프의 아들 도브친스키입니다.

흘레스타코프 아, 그래요, 우린 벌써 구면이군요. 그때 넘어졌던 분 아닙니까? 어떻게, 코는 좀 괜찮으십니까?

보브친스키 덕분에 괜찮습니다! 걱정하지 마세요. 이제 딱지가 앉았습니다. 거의 다 아물었어요.

흘레스타코프 아물었다니 다행이군요. 나도 기쁩니다. (갑자기 단어를 끊어 가면서 말한다) 혹시 당신들 돈 가진 것 좀 없습니까?

보브친스키 돈이요? 무슨 돈 말씀인가요?

흘레스타코프 (크고 빠른 목소리로) 1000루블만 빌립시다.

보브친스키 솔직히 말씀드려 그런 큰돈은 갖고 있지 않습니다. 표트르 이바노비치, 혹시 자넨?

도브친스키 저도 없습니다. 수소문해 보시면 아시겠지만, 제 돈은 자선 병원을 위한 기금으로 들어가 있습니다.

흘레스타코프 그래요, 그럼 1000루블은 없어도 100루블 정도는 가지고 있겠군요.

보브친스키 (호주머니를 뒤지면서) 표트르 이바노비치, 자네 혹시 100
루블 있나? 난 40루블밖에 없는데.

도브친스키 (지갑을 들여다보면서) 나도 25루블이 전부일세.

보브친스키 그러지 말고 좀 더 잘 찾아보게, 표트르 이바노비치!
자네 그 오른쪽 호주머니에 구멍 난 데 있잖은가, 그 구멍
속에 빠져 들어갔을지도 몰라.

도브친스키 아니야, 그 구멍 속에도 확실히 없네.

흘레스타코프 뭐 상관없습니다. 그저 한번 해 본 소립니다. 65루블
만 있어도 좋아요. 어차피 그게 그거니까요. (돈을 받아 든다)

도브친스키 제가 좀 미묘한 어떤 상황에 대해 한 가지 여쭤 봐도
될는지요?

흘레스타코프 무슨 일입니까?

도브친스키 이게 참 미묘한 성격을 띤 문제라서 말입니다. 제 큰아
들 녀석 말입니다, 실은 제가 결혼식을 올리기도 전에 태어
났습니다.

흘레스타코프 그래요?

도브친스키 그냥 그렇게 소문이 나 있답니다. 하지만 그놈은 제 핏
줄이 틀림없습니다. 결혼 생활에서 얻은 자식과 진배없죠.
물론 이런 일들이 대개 그렇듯이 그 후 저는 법적인 절차를
밟아 아내와 정식으로 부부가 되었습니다. 그래서 드리는

말인데, 이제 큰아들 녀석이 법적으로도 완전한 제 아들로 인정받아 저와 같은 성으로 불렸으면 합니다. 그러니까 도브친스키라는 성으로 말이죠. 그래도 상관없을까요?

흘레스타코프 좋습니다. 그렇게 부르세요! 가능합니다.

도브친스키 그리고 이런 일로 심려를 끼쳐 드리고 싶지는 않지만, 자식 놈이 가진 재주가 아까워서 한 말씀 더 여쭙겠습니다. 어린 사내아이 놈인데……. 이 녀석한테서 쓸 만한 인물이 될 것 같은 기미가 보여서 말입니다. 시도 여러 개 줄줄 외우고, 바닥에 주머니칼이라도 떨어져 있을라치면, 마치 요술쟁이가 마술을 부린 것처럼 아주 그럴싸하게 조그마한 마차를 만들어 놓곤 한답니다. 이 점에 대해선 표트르 이바노비치도 잘 알고 있습니다.

보브친스키 맞습니다, 아주 비상한 재주가 있는 아이랍니다.

흘레스타코프 좋습니다, 좋아요. 한번 힘써 보리다. 내가 한번 말을 넣어 보죠. 모든 일들이 다 잘 될 겁니다. 잘 될 거예요. (보브친스키 쪽을 향해) 당신은 내게 뭐 하고 싶은 말 없나요?

보브친스키 왜 없겠습니까. 아주 작은 부탁이 하나 있습니다.

흘레스타코프 무슨 부탁인가요, 무엇에 관한 거죠?

보브친스키 제가 각하께 진심으로 부탁드리고 싶은 건, 각하께서 상트페테르부르크에 가시면, 거기 계신 여러 높으신 분들께, 그러니까 원로원 의원들과 해군 제독들께 이 말씀만 좀 해 주십사 하는 겁니다. "각하, 이러저러한 도시에 표트르 이바노비치 보브친스키란 사람이 살고 있습니다" 이렇게 요. 꼭 "표트르 이바노비치 보브친스키가 살고 있습니다" 라고 말씀해 주셔야 합니다.

흘레스타코프   그러지요.

보브친스키   그리고 만약에 황제 폐하를 알현하시게 되면 폐하께도 이렇게 고해 주시기 바랍니다. "존경하는 황제 폐하, 이러 저러한 도시에 표트르 이바노비치 보브친스키라는 자가 살 고 있습니다"라고 말입니다.

흘레스타코프   그러지요.

도브친스키   폐를 끼쳐서 죄송합니다.

보브친스키   정말 폐가 많았습니다.

흘레스타코프   괜찮습니다, 괜찮아요. 아주 즐거웠습니다. (그들을 밖 으로 내보낸다)

8장

흘레스타코프 혼자 있다.

흘레스타코프 이 도시엔 관리가 꽤 많군. 그런데 눈치를 보아하니, 저 사람들은 내가 정부에서 파견 나온 관리라고 생각하는 모양이야. 그래 맞아, 내가 어제 저 사람들한테 허풍을 좀 쳐 댔지. 정말 어리석은 자들이야! 내가 보고 들은 것을 몽땅 편지에 써서 상트페테르부르크에 있는 트랴피치킨에게 보내야겠어. 그 친구는 기자니까 좋은 기사거리가 될 거야. 게다가 아무리 시시한 이야기라도 그 친구 손을 거치면 재미난 이야기로 변하니까. 어이, 오시프! 종이와 잉크 좀 가져와! (오시프가 문으로 얼굴을 들이밀고 '네, 지금 가져가요'라고 대답한다) 어느 누구건 트랴피치킨에게 걸려들었다간 빠져나가지 못하지. 기사를 쓰기 위해서라면 자기 친아버지라고 해도 앞뒤 가리지 않고 펜을 들이댈 친구니까. 게다가 돈도 좋아하거든. 아무튼 이곳 관리들은 좋은 사람들이야. 내게 돈까지 빌려 줬으니, 참으로 기특한 자들이지. 돈이 얼마나 되는지 다시 한번 세어 볼까. 어디 보자, 이건 판사한테서 받은 300루블, 이건 우체국장한테서 받은 300루블, 600, 700,

800······ 정말 꼬질꼬질한 지폐로군! 800, 900······. 오! 1000루블이 넘는걸. 좋았어, 내 곧 갈 테니 조금만 기다려라, 이 대위 놈아! 이번에 걸리기만 해 봐라! 이번 노름판에선 누가 이기는지 어디 두고 보자!

9장

홀레스타코프, 종이와 잉크를 들고 있는 오시프.

홀레스타코프   어때, 잘 봤지! 이 멍청한 놈아, 사람들이 나를 어떻게
대접하고 모시는지 잘 봤느냐 말이다. (편지를 쓰기 시작한다)

오시프   네, 아주 다행입니다! 그런데 말이죠, 이반 알렉산드로비
치 나리, 알아 두실 게 있습니다만?

홀레스타코프   (써 내려가며) 뭘 말이야?

오시프   이제 여길 떠나서야죠. 정말이에요, 이젠 떠나야 할 때가
왔다고요.

홀레스타코프   (써 내려가며) 쓸데없는 소리! 왜 그래야 하지?

오시프   그냥 그렇다는 겁니다. 그 사람들이야 이제 어떻게 하건 내
버려 두세요! 여기서 벌써 이틀이나 잘 먹고 놀았으니 충분합
니다. 그런 작자들이랑 오래 있어 봤자 좋을 게 뭐랍니까? 침
이나 퉤 뱉어 주십쇼! 아무래도 예감이 좋질 않아요. 이제 곧
사람들이 들이닥칠지도 몰라요. 나리, 제발 제 말을 들으세
요! 마침 저쪽에 정말 훌륭한 말들이 매여 있으니 저걸 타고
떠나는 것이 어떻겠습니까?

홀레스타코프   (써 내려가며) 아니야. 여기 좀 더 있고 싶으니 내일쯤

떠나지 뭐.

오시프   내일이라니요! 제발 지금 떠납시다, 나리. 여기서 이러고 있는 게 나리한테는 명예로운 일처럼 여겨질지 모르겠지만, 한시라도 서둘러서 여길 뜨는 편이 나아요. 나리를 다른 사람으로 착각한 게 틀림없어요. 그리고 이렇게 꾸물대다가 집에 더 늦게 가는 날엔 큰 나리께서 불호령을 내리실 테니……. 자, 한바탕 신나게 달려 봅시다! 분명히 좋은 말을 내줄 거예요.

흘레스타코프   (써 내려가며) 그래, 알았어. 그럼 떠나기 전에 이 편지를 부치고 와. 그리고 갔다 오는 길에 마차 배차증을 끊어 오도록 해. 좋은 말이 있는지 똑똑히 살펴봐! 마부들한테는 파발마처럼 쏜살같이 달리면서 노래를 한 곡조 뽑을 때마다 내가 은화 한 닢씩 얹어 줄 거라고 말하고……. (편지를 계속 써 내려간다) 트랴피치킨 녀석, 아마 이 편지를 읽으면 웃다가 나자빠질 것 같은데…….

오시프   나리, 괜한 시간 허비하지 않으려면 그 편지는 이 집 하인 편에 보내고 전 짐을 꾸리는 편이 낫겠는데요.

흘레스타코프   (써 내려가며) 좋아, 그럼 양초나 좀 가져와.

오시프   (문 밖으로 나간 후 무대 뒤에서 말한다) 어이, 이보게! 이 편지를 우체국에 좀 갖다 주게. 우체국장에게 무료로 부쳐 달라고 말해 줘. 그리고 가장 좋은 마차를 대령시키거나. 마차

샀은 우리 나리가 지불할 필요가 없다는군. 나리 말씀이, 마차 샀은 국고에서 나갈 거라네. 서둘러 처리하게나. 그렇지 않으면 나리가 노발대발하실 거네. 이보게, 잠깐 기다리게. 아직 편지가 다 안 됐어.

흘레스타코프   (편지를 계속 쓴다) 그런데 트랴피치킨 이 친구가 지금 어디 살고 있을까? 포치탐스카야 거리에 살고 있을까, 아니면 고로호바야에 살고 있을까? 그 친구도 워낙 이리저리 옮겨 다니는 걸 좋아해서 말이야. 물론 집세는 다 지불하지 않고서 말이지. 에라, 일단 주소를 포치탐스카야 거리로 쓰자. (편지를 봉하고 서명한다)

오시프가 양초를 가져온다. 흘레스타코프는 봉인을 한다. 이때 제르쥬모르다의 목소리가 들려온다. "어디다가 감히 얼굴을 들이밀고 있어? 아무도 들이지 말라는 명령이 있었다고 말했을 텐데!"

흘레스타코프   (오시프에게 편지를 준다) 자, 여기 있다. 가져다 주도록 해.
상인들의 목소리   들어가게 해 줘요! 왜 우리는 못 들어간다는 겁니까? 우린 볼일이 있어서 찾아온 거란 말입니다.
제르쥬모르다의 목소리   저리 가, 저리 꺼지지 못해! 지금은 면회할 수가 없어. 주무시는 중이란 말이야. (소음이 점점 더 커진다)
흘레스타코프   오시프, 밖에 무슨 일이라도 난 건가? 무슨 일로 이렇게 소란스러운 건지 살펴보고 와!

오시프   (창문을 바라보면서) 웬 상인들이 안으로 들어오고 싶어하는데 경찰관들이 들여보내지 않고 있습니다. 종이 쪽지를 흔드는데요? 아마 나리를 만나고 싶어하는 사람들인가 봅니다.

흘레스타코프   (창문 쪽으로 다가서면서) 자네들, 무슨 일인가?

상인들의 목소리   나리, 제발 한 번만 저희에게 자비를 베풀어 주십시오. 나리, 제발 탄원서를 받아 주십시오.

흘레스타코프   들여보내게, 저 사람들을 들여보내! 그냥 들어오게 내버려 둬. 오시프, 가서 경찰관들한테 내가 그냥 내버려 두랬다고 전해. (창문으로 탄원서를 받아 그 중 한 장을 뽑아서 펼쳐 읽는다) "최고 재정부 장관 귀하. 상인 압둘린 올림……." 대체 이게 뭐야? 이런 직함은 금시초문인걸!

10장

흘레스타코프, 술이 든 나무 바구니와 설탕 덩어리를 든 상인들 등장.

흘레스타코프   자, 무슨 일인가?

상인들   베풀어 주신 은혜에 머리 숙여 감사드립니다.

흘레스타코프   자네들이 바라는 게 뭔가?

상인들   나리, 살려 주십시오! 무고한 저희만 온갖 곤욕을 다 겪고 있습니다.

흘레스타코프   누구 때문이지?

상인들 중 한 사람   모두 이 도시의 시장이란 작자 때문입니다. 이런 악독한 시장은 지금까지도 없었고, 앞으로도 없을 겁니다. 그자는 우리에게 도저히 말로 표현하기도 어려운 심한 모욕을 줍니다. 장사를 하는 대가로 돈을 요구하는데 그 돈이 엄청나서 차라리 목을 매달아 죽고 싶은 심정입니다. 인간 같지 않은 짓거리만 골라서 합니다. 남의 수염을 휘어잡고는 "요런 타타르✝ 놈!" 하고 모욕을 주기 일쑤입니다. 저희가 정말 뭔가 결례를 했다면 몰라도, 맹세코 저희는 항상 우리의 본분과 지켜야 할 예절을 지킵니다. 시장의 부인이나 딸의 옷을 만들 뭔가를 내놓아야 하는 정도라면 이렇게까지 말할 이유도 없습니다. 하지만 그자는 그 정도로는 성에 차지 않는 인간입니다. 맹세컨대 정말 그렇습니다! 상점에 와서는 뭐든 손에 잡히는 대로 싹 쓸어가 버립니다. 좋은 비단을 보면, 그 자리에서 당장 "어이, 이보게, 옷감이 참 좋군. 이걸 내게 가져오게"라고 말합니다. 좋으나 싫으나 가져다주는 수밖에 없지요. 비단 한 필이면 적어도 50아르신[++] 이상 됩니다.

흘레스타코프   그게 사실인가? 이런, 정말 몹쓸 사람이로구만!

상인들   신을 걸고 맹세합니다! 그런 작자를 시장으로 여기는 사람은 아무도 없습니다. 그래서 저희는 시장이 나타나기만 해도 상점의 물건을 죄다 감춰 버립니다. 그렇게라도 하지 않으면 좋은 물건이든 허접한 물건이든 가져가 버리니까요. 저희 집에는 거의 7년째 병 속에서 뒹굴고 있는 마른 자두가 있는데, 종업원 녀석한테 줘도 아마 먹지 않을 텐데 시장이란 작자는 그런 것마저도 한 주먹 쥐어 가야 직성이 풀리는 인간입니다. 그자의 명명일(命名日)[+++]인 '성(聖) 안톤의날'[++++]이 되면, 선물이라는 명목 하에 더 이상 필요한 것

[+] **타타르** : 원래 '타타르'는 몽골 북동 지역에 살던 유목 민족을 의미했는데, 12세기 무렵 칭기즈 칸에 의해 몽골 제국에 흡수된 타타르 족은, 러시아와 동유럽으로 서방 원정을 나선 몽골군 속에 많이 포함되었다. 당시 가는 곳마다 유럽인들에게 공포와 두려움을 안겨 준 몽골군을 경멸조로 부른 별칭이 '타르타르' (지옥이라는 뜻의 그리스어 '타르타로스'에서 유래)였으며, 이것이 '타타르'의 어원이 되었다.

[++] **아르신** : 구 러시아의 척도 단위. 1아르신은 71.12센티미터이다.

이 없어질 때까지 상점 물건을 몽땅 다 퍼다 줍니다. 하지만 그걸로 끝이 아닙니다. 밑 빠진 독에 물 붓듯이 또 퍼다 줘야 합니다. '성 오누프리오의 날'+++++도 자기 명명일이라며 또 뭔가를 요구하는데, 어쩌겠습니까! 그날도 온갖 물건을 다 퍼다 나를 수밖에요.

흘레스타코프　이거 완전 날강도구만!

상인들　맞습니다, 맞아요. 하지만 뭐라고 불평이라도 할라치면, 당장 집으로 1개 연대나 되는 군대를 끌고 와서 묵게 합니다. 그런 식으로 할 거면 상점 문을 닫으라는 거지요. "난 너희에게 육체적인 형벌을 가하거나 고문을 가하지는 않아. 그건 법으로 금지되어 있거든. 대신 다른 걸로 고생 좀 해 봐!" 하는 식이라니까요.

흘레스타코프　아, 이런 악질이 있나! 지금까지 한 것만으로도 당장 시베리아 유형 감이야.

상인들　바로 그겁니다. 나리께서 그자를 어디로든 보내 버리신다면 이 도시의 모든 것이 평화로워질 겁니다. 다만 저희에게

+++ **명명일(命名日)** : 러시아에서는 아이가 태어난 후 8일이 지나면 정교회 달력에서 아기의 탄생일과 가까운 성인(聖人)의 날에서 가장 마음에 드는 성인의 이름을 취하여 아이의 이름으로 정하는데, 이날이 명명일이다.

++++ **성(聖) 안톤의 날** : 동물들의 수호자 '성인(聖人) 안톤'을 기념하는 축일로, 구력 1월 17일이다.

+++++ **성 오누프리오의 날** : 4세기 경 이집트에서 박해를 피해 사막 지역으로 숨어들어 간 기독교 사제들 중에 한 명인 오누프리오를 기념하는 축일로, 구력 6월 12일이다.

서 되도록 멀리 떨어진 곳으로 보내 주시면 더 좋겠습니다. 나리, 여기 저희가 작은 성의라도 표하고자 설탕과 술을 좀 가져왔습니다. 사양하지 마시고 받아 주시기 바랍니다.

흘레스타코프   아니, 이런 것들은 준비하지 않아도 되네. 난 어떤 뇌물도 받지 않아. 하지만 자네들이 내게 300루블을 빌려 주겠다면, 그럼 얘기는 완전히 달라지지. 빌려 주는 건 괜찮으니까.

상인들   그렇게 하지요, 나리. (돈을 꺼낸다) 300루블로 뭘 하겠습니까! 적어도 500루블은 돼야죠. 자 여기 있습니다. 그저 도와만 주십시오.

흘레스타코프   좋아, 빌려 주는 거라고 했으니 군소리 없이 받겠네.

상인들   (돈을 은쟁반에 담아서 흘레스타코프에게 가져온다) 여기 있습니다. 그리고 쟁반도 함께 드리겠습니다.

흘레스타코프   하긴, 쟁반 정도야 괜찮겠지.

상인들   (인사하면서) 그럼 여기 설탕도 같이 받아 주시지요.

흘레스타코프   아, 아니야. 난 어떤 뇌물도…….

오시프   각하! 어째서 받지 않으시는 겁니까? 받으세요! 여행 중에는 뭐든 다 요긴하게 쓸 수 있습니다. 자, 이쪽으로 설탕 덩어리와 포대를 가져와요. 다 가져와요! 뭐든 다 도움이 될 겁니다. 그건 뭐요? 밧줄? 밧줄도 가져와요! 여행길에서 밧줄은 유용하게 쓰입니다. 마차나 뭐 다른 것이 부서지면 비끄러맬 수 있으니까.

상인들   그럼 잘 부탁드리겠습니다, 각하. 만일 각하께서 저희의 청을 들어주시지 않는다면 시장이란 작자의 횡포에 못 이겨 저희가 무슨 일을 저지를지 장담할 수 없습니다.

흘레스타코프   반드시 들어주지, 반드시. 내가 힘써 보겠네.

상인들이 퇴장한다. "뭐라고, 감히 나를 들여보내지 않겠다고! 내가 직접 그분을 찾아뵙고 네 놈부터 고발할 거야. 그렇게 밀지 마, 아프단 말이야!" 하고 외치는 어떤 여자의 목소리가 들린다.

흘레스타코프   거기 누군가? (창문으로 다가간다) 그래, 또 무슨 일인가?

두 여자의 목소리   나리, 제발 부탁입니다, 저희 사정을 좀 들어주세요!

흘레스타코프   (창문으로) 그 여자들을 들여보내게.

11장

흘레스타코프, 열쇠공의 아내와 하사관의 아내 등장.

열쇠공의 아내 (머리를 조아리면서) 나리, 부탁드립니다!

하사관의 아내 부탁드립니다, 나리…….

흘레스타코프 그래, 뭐 하는 아낙들인가?

하사관의 아내 저는 하사관 이바노프의 아내입니다.

열쇠공의 아내 저는 열쇠공의 아내이며, 페브로니야 피트로브나 포 슐레프키나입니다. 저희 아버지는…….

흘레스타코프 잠깐, 차례대로 말을 해. 자넨 무슨 일이지?

열쇠공의 아내 나리, 부탁드립니다. 시장의 일로 탄원을 올리고자 합니다! 신이 그자에게 천벌을 내릴 겁니다. 사기꾼인 그자 와 그자의 자식들에게도, 그리고 그자의 숙부와 숙모에게도 어떤 복도 내리지 않을 겁니다.

흘레스타코프 대체 무슨 일인가?

열쇠공의 아내 남편에게 징집 명령이 떨어졌는데 순번을 따져 보니 저희 차례가 아니었습니다. 제 남편은 이미 결혼을 했으니 결혼한 사람에 대한 징집은 법적으로도 불가능한 일입니다.

흘레스타코프 그런데 어떻게 그런 일을 있을 수 있었단 말인가?

열쇠공의 아내 모두 그 사기꾼이 벌인 일입니다. 이승에서나 저승에서나 천벌을 받을 작자입니다! 만일 그 작자에게 숙모가 있거든 숙모에게도 천벌이 내릴 거고, 그자의 아비가 아직도 살아 있다면 그자와 똑같이 불한당인 그 아비도 뒈져 버리든가 평생 천식으로 고생하게 될 겁니다. 순번대로 따지면 원래 재단사의 아들이 징집될 차례였지요. 그런데 주정뱅이인 재단사 아들 녀석의 부모가 시장에게 비싼 선물을 보내자, 이내 여자 상인 판첼레바야의 아들에게 징집 공문이 나갔지요. 그런데 판첼레바야 역시 시장 부인에게 옷감 세 필을 보낸 겁니다. 결국 저희 차례가 되자 시장이란 작자가 찾아와서는 "대체 네 년에게 남편이 무슨 필요가 있느냐, 네 남편이란 놈은 이제 아무런 쓸모도 없는 존재야"라고 말했습니다. 필요한 존재인지 아닌지는 제가 결정할 일이지, 그런 사기꾼 같은 작자가 상관할 일이 아니죠. 또 그 작자는 "네 남편은 도둑놈이야. 비록 지금은 도둑질을 하지 않지만, 그건 아무래도 상관없어. 어차피 네 남편 놈은 도둑질을 할 거고, 그 일이 아니더라도 내년엔 징집될 테니"라고 말하더군요. 남편이 없으면 저더러 어떻게 살라는 겁니까? 그 불한당 같은 녀석이 하는 짓이 이렇다니까요! 저는 늙고 약한 여자에 불과합니다. 그놈은 정말 비열한 놈이에요! 그놈의 일가친척들은 죄다 천국에 못 갈 겁니다. 장모가 있다면 그 장모까지도…….

흘레스타코프　좋아, 좋아. 그래, 자네는 또 무슨 일인가? (열쇠공의 아내를 배웅해서 내보낸다)

열쇠공의 아내　(나가면서) 나리, 제발 잊어버리시면 안 됩니다! 이렇게 부탁드립니다!

하사관의 아내　시장에 대한 일로 찾아왔습니다, 나리…….

흘레스타코프　그래, 무슨 일인가? 간단히 말해 보게.

하사관의 아내　나리, 그 작자가 제게 채찍질을 했습니다.

흘레스타코프　왜?

하사관의 아내　실수로 그렇게 된 겁니다. 시장에서 아낙네들끼리 싸움이 벌어졌는데, 늑장을 부리다가 뒤늦게 온 경찰이 엉뚱하게 저를 잡아갔습니다. 그래서 이틀 내내 앉지도 못한 채 조사를 받았습니다.

흘레스타코프　그런데 이제 와서 어떻게 했으면 좋겠다는 건가?

하사관의 아내　물론 어떻게 할 수는 없겠지요. 하지만 실수로 무고한 사람을 잡아간 죄를 물어서 그자에게 벌금을 물려 주시기 바랍니다! 저는 뜻밖에 찾아든 기회를 놓치고 싶지 않습니다. 사실 지금 제겐 돈이 매우 필요하답니다.

흘레스타코프　좋아, 좋아! 돌아가게. 내가 다 처리할 테니. (창문으로 탄원서를 든 손이 불쑥 들어온다) 아직도 누가 남아 있나? (창문으로 다가간다) 됐어, 됐단 말이야! 이제 그만! 그만! (창문에서 물러나며) 빌어먹을, 이젠 질린다! 오시프, 들여보내지 마!

오시프 (창문을 향해 소리친다) 물러가시오, 물러들 가요! 지금은 면회
시간이 아니니 내일 다시 오시오!

문이 열린다. 덥수룩한 턱수염을 기르고, 입술은 퉁퉁 붓고, 붕대로 뺨을 둘둘
감싼 사람이 보풀이 인 싸구려 외투를 걸치고 나타난다. 그의 뒤로 거리에 있
는 몇몇 사람들의 모습이 보인다.

오시프 나가시오, 나가란 말이야! 어딜 들어오는 거야? (턱수염을 기
른 남자의 배를 손으로 밀친다. 흘레스타코프의 방문을 쾅 닫고 나간
후 그 남자를 현관 밖으로 밀치고 나간다)

12장

흘레스타코프와 마리야 안토노브나 등장.

마리야 안토노브나　어머나!

흘레스타코프　무슨 일로 그렇게 놀라십니까, 아가씨?

마리야 안토노브나　아녜요, 전 놀라지 않았어요.

흘레스타코프　(우쭐대면서) 그렇다면 실례했습니다, 아가씨. 아가씨
　　께서 나를 그런 사람으로 여겨 줘서 여간 기쁘지 않습니다.
　　아가씨께서 어디를 가려고 하는지 여쭤 봐도 되겠습니까?

마리야 안토노브나　전 아무 데도 가려고 하지 않았어요.

흘레스타코프　그렇다면 어째서 아무 데도 가려고 하지 않은 거죠?

마리야 안토노브나　혹시 여기 엄마가 계신가 해서……

흘레스타코프　나는 아가씨가 어째서 아무 데도 가려고 하지 않은
　　건지 알고 싶습니다만……

마리야 안토노브나　제가 당신을 방해했나 보군요. 중요한 일을 하
　　고 계셨나 본데……

흘레스타코프　(우쭐대면서) 저는 그 어떤 중요한 일보다 당신의 눈동
　　자에 훨씬 끌리는데요. 아가씨, 아가씨께서 무슨 일을 하든
　　간에 그건 조금도 내 일을 방해하지 않는답니다. 오히려 아

가씨는 나를 흐뭇하게 만들어 주시는 분이지요.

마리야 안토노브나　정말이지 당신은 도시 분답게 세련되게 말씀하시는군요.

흘레스타코프　아가씨처럼 아름답고 특별한 분을 위해서라면 당연히 그렇게 해야죠. 당신께 감히 의자를 내어 드릴 수 있는 행운을 허락해 주시겠습니까? 아니, 아닙니다. 아가씨께서는 의자가 아니라 왕좌에 앉으셔야 될 분입니다.

마리야 안토노브나　정말 이래도 되는 건지……. 전 정말 가 봐야 해요. (의자에 앉는다)

흘레스타코프　정말 너무도 아름다운 스카프를 두르고 있군요!

마리야 안토노브나　지금 비웃고 계신 거죠? 도시 사람들은 시골 사람들을 보면 놀려 대는 게 일이잖아요.

흘레스타코프　아가씨, 당신의 그 새하얀 목덜미를 끌어안을 수만 있다면 난 정말이지 당신의 스카프라도 되고 싶은 심정이랍니다.

마리야 안토노브나　무슨 말씀을 하고 계신 건지 전혀 이해하지 못하겠군요. 어떤 스카프를 말씀하시는 건지……. 오늘은 날씨가 정말 이상하죠.

흘레스타코프　당신의 입술은 또 어떻고요, 그 어떤 날씨보다도 당신의 입술이 더 좋습니다.

마리야 안토노브나　당신은 여전히 제가 이해할 수 없는 말씀만 늘어놓으시는군요. 저, 부탁이 하나 있는데, 기념으로 간직할 수 있도록 제 앨범에 좋은 시를 적어 주셨으면 해요. 당신은 분명 많은 시들을 알고 계시겠죠?

흘레스타코프 당신을 위해서라면, 무엇이든 원하는 대로 다 주겠습니다. 말해 봐요. 어떤 시를 선사해 줄까요?

마리야 안토노브나 음…… 왜 그런 거 있잖아요. 최근에 나온 훌륭한 시로 적어 주세요.

흘레스타코프 자, 어떤 시를 적어 볼까! 하긴 내가 시를 좀 많이 알죠.

마리야 안토노브나 그럼 말씀해 주세요, 제게는 어떤 시를 적어 주실 건가요?

흘레스타코프 그걸 꼭 말할 필요가 있을까요? 굳이 그러지 않아도 나는 많은 시를 알고 있답니다.

마리야 안토노브나 저는 정말로 시를 좋아해요.

흘레스타코프 나는 거의 모든 시를 알고 있습니다. 그럼, 이런 건 어떻습니까? "아, 그대여, 슬픔에 잠겨 하릴없이 신을 원망하고 있는 그대여, 인간은……." 아니면 다른 것도 있습니다만…… 지금은 기억이 잘 나지 않는군요. 아무튼 이런 것들은 중요한 게 아닙니다. 나는 이런 것들 대신 더 좋은 것을, 그러니까 나의 사랑을 보여 드리고 싶습니다. 당신의 시선 속에서 태어난 나의 사랑을……. (의자를 앞으로 끌어당긴다)

마리야 안토노브나 사랑이라고요! 저는 사랑이 뭔지 잘 몰라요. 저

는 한 번도 사랑이란 걸 해 본 적이 없어요……. (의자를 뒤로 물린다)

홀레스타코프　(의자를 앞으로 끌어당기며) 어째서 당신은 의자를 뒤로 물리는 거죠? 우리가 서로 가까이 앉으면 더 좋을 텐데요.

마리야 안토노브나　(뒤로 물러나면서) 무엇 때문에 가까이 앉아야 하나요? 멀찌감치 앉아도 좋은 건 매한가지인데요.

홀레스타코프　(다가가면서) 그럼 무엇 때문에 멀리 앉지요? 가까이 앉아도 좋은 건 매한가지인데.

마리야 안토노브나　(물러선다) 대체 왜 이러시는 거죠?

홀레스타코프　(다가가면서) 당신 스스로 너무 가깝다고 생각하니까 그런 겁니다. 멀리 떨어져 있다고 상상해 봐요. 내가 아가씨를 가슴에 꼭 끌어안을 수만 있다면 얼마나 행복할까요?

마리야 안토노브나　(창문을 쳐다본다) 저기 뭐가 있는 것 같은데요? 방금 전에 뭐가 날아간 것 같은데…… 까치였나요? 아니면 다른 새일까요?

홀레스타코프　(마리야 안토노브나의 어깨에 입을 맞추고 창문 쪽을 바라본다) 까치입니다.

마리야 안토노브나　(화를 내며 일어선다) 안 돼요, 너무 지나치시군요. 어쩜 이렇게 뻔뻔할 수가……!

홀레스타코프　(마리야 안토노브나를 잡으면서) 용서하세요, 아가씨. 나는 당신을 사랑하는 마음에서 그런 겁니다. 사랑하기 때문입니다.

마리야 안토노브나　당신은 저를 숫제 시골뜨기 계집으로 취급하시는군요. (자리를 뜨려고 한다)

흘레스타코프　(마리야 안토노브나를 계속 붙잡으면서) 사랑 때문에, 정말 사랑 때문에 그런 거랍니다. 그저 장난삼아 해 본 것뿐이니, 마리야 안토노브나, 제발 노여워하지 말아요! 나는 당신 앞에 무릎을 꿇고 용서를 빌 준비도 되어 있습니다. (무릎을 꿇는다) 용서하세요, 부디 용서하기 바랍니다. 보다시피 내가 무릎을 꿇고 사과드리고 있습니다.

∾13장∾

앞 장의 등장인물들과 안나 안드레예브나 등장.

안나 안드레예브나   (무릎을 꿇고 있는 흘레스타코프를 보고) 어머나, 이게 무슨 일이람!

흘레스타코프   (일어나면서) 이런, 빌어먹을!

안나 안드레예브나   (딸에게) 얘야, 이게 대체 뭐니? 무슨 짓이야?

마리야 안토노브나   엄마, 나는······.

안나 안드레예브나   여기서 당장 나가거라! 내 말 안 들리니? 저리 가, 저리 가라고! 내 눈앞에 얼씬 댈 생각은 아예 하지도 마. (마리야 안토노브나가 울면서 퇴장한다) 죄송합니다, 솔직히 저도 너무 놀라서······.

흘레스타코프   (방백) 이 여자도 꽤 구미가 당기는걸. 나쁘지 않은 미모야. (갑자기 무릎을 꿇는다) 부인, 당신에겐 정녕 보이지 않는단 말입니까, 지금 내 몸은 사랑의 열기로 뜨겁게 달아오르고 있습니다.

안나 안드레예브나   어쩌자고 당신 같은 분께서 무릎을 꿇으시는 건가요? 일어나요, 어서 일어나세요. 이 마룻바닥은 정말 지저분하답니다.

흘레스타코프   아닙니다, 그냥 이렇게 있겠습니다. 이렇게 있어야만 합니다. 어떤 운명이 나를 기다리고 있는지, 그 운명이 삶인지 죽음인지 알고 싶습니다.

안나 안드레예브나   이러지 마세요, 전 당신이 무슨 말씀을 하시는 건지 모르겠어요. 제 생각이 틀리지 않는다면, 지금 당신은 제 딸에 대한 사랑을 고백하시는 것 같군요.

흘레스타코프   아닙니다, 난 당신에게 푹 빠졌습니다. 내 삶은 매우 위태로운 상황에 놓여 있습니다. 만일 당신이 나의 변함없는 사랑을 받아 주시지 않는다면, 나는 더 이상 이 세상에 존재할 의미가 없습니다. 내 가슴속에 간직한 타오르는 불길은 당신의 손길을 바라고 있습니다.

안나 안드레예브나   저기, 잠깐만, 저는 그러니까…… 결혼한 몸이랍니다.

흘레스타코프   그건 아무래도 좋습니다. 사랑을 위해서라면 당신이 결혼을 했든 하지 않았든 아무런 차이도 없습니다. 카람진⁺이 말하길 "사람들은 법을 비난한다"고 했습니다. 강물과 바다를 방패 삼아 당신과 함께 멀리 숨어 버리면 그만입니다. 자, 당신의 손을, 그 손을 잡게 해 줘요!

⁺ **카람진** : 러시아의 소설가이자 역사가, 시인. 귀족적 감상주의의 대표자.

14장

앞 장의 등장인물들과 갑자기 뛰어들어오는 마리야 안토노브나.

마리야 안토노브나　　엄마! 아빠가 그러시는데……. (무릎을 꿇고 있는 흘레스타코프를 보고 비명을 지른다) 어머나, 이게 무슨 일이에요!

안나 안드레예브나　　넌 또 왜 그러니? 이게 무슨 경박한 짓거리야! 미친 사람처럼 그렇게 갑자기 뛰어들어오다니. 대체 뭘 그리 대단할 걸 발견했다고 그렇게 호들갑이니! 그래 또 무슨 생각을 한 거야? 정말이지, 세 살 먹은 어린애처럼 행동하는구나. 도대체, 도대체 누가 너를 열여덟 살짜리 처녀라고 하겠니? 언제쯤이나 철이 들어? 언제쯤이나 양가집 규수처럼 행동거지를 똑바로 하고 다니겠느냐고? 난 네가 도대체 언제쯤이나 때와 장소에 맞게 품위 있는 몸가짐을 가질 수 있을지 도통 모르겠구나.

마리야 안토노브나　　(눈물을 흘리면서) 엄마, 난 정말 몰랐어요.

안나 안드레예브나　　네 머릿속에서는 언제나 바람이 들이쳤다 내쳤다 하고 있어. 랴프킨-챠프킨 판사 댁 딸을 따라 하는 거니? 대체 왜 그런 사람들을 따라 하는 거지? 그런 사람들은 쳐다볼 필요가 없어. 너에겐 본받을 사람이 따로 있단 말이다.

멀리 갈 것도 없이 네 앞에 있는 이 엄마를 좀 보렴. 바로 이 엄마 같은 사람을 모범으로 삼고 닮으려고 노력해야 되는 거야.

흘레스타코프 (딸의 손을 붙잡는다) 안나 안드레예브나, 우리의 행복을 반대하지 말아 주십시오! 우리들의 영원한 사랑을 축복해 주십시오!

안나 안드레예브나 (놀라면서) 그러니까 당신은 우리 딸한테?

흘레스타코프 결정하세요. 삶입니까 아니면 죽음입니까?

안나 안드레예브나 자, 이것 봐라, 이 맹추야. 너 같은 망나니 때문에 손님께서 무릎을 꿇고 계시지 않니. 그런데도 넌 갑자기 미친 사람처럼 뛰어들어오기나 하고……. 아무튼 내가 일부러라도 반대해야 할 것 같구나. 넌 그런 행복을 누릴 자격이 없어.

마리야 안드레예브나 이제 그러지 않을게요, 엄마. 앞으로는 그러지 않겠어요.

∽15장∽

앞 장에 등장했던 인물들과 숨을 헐떡거리며 들어오는 시장.

시장　존경하는 각하, 살려 주십시오! 살려 주십시오!

흘레스타코프　무슨 일입니까?

시장　시장의 상인들이 각하께 불평을 털어놓았다죠. 제 명예를 걸고 단언하건대, 상인 녀석들이 말씀드린 건 그 절반도 사실이 아닙니다. 그놈들은 사람들을 속이고 사기 치는 일을 업으로 삼고 있는 녀석들입니다. 하사관의 아내는 제가 마치 채찍으로 때린 것처럼 고자질을 했겠지만, 그건 거짓말입니다. 맹세컨대 그건 거짓말입니다. 그 여자는 자기가 자기 몸을 채찍으로 친 겁니다.

흘레스타코프　하사관의 아내 따위가 무슨 상관이겠습니까? 난 지금 그런 것까지 신경 쓸 겨를이 없습니다!

시장　믿지 마십시오, 믿으시면 안 됩니다! 그런 거짓말쟁이들은…… 어린아이들도 그자들을 믿지 않을 겁니다. 그놈들이 거짓말쟁이라는 건 온 도시가 다 압니다. 그놈들의 사기 행위는 제가 직접 말씀드릴 수 있습니다. 그놈들은 이 세상에 둘도 없는 사기꾼들입니다.

안나 안드레예브나　여보, 이반 알렉산드로비치께서 우리한테 어떤 영광을 주셨는지 아세요? 우리 딸한테 청혼을 하셨답니다.

시장　뭐라고, 뭐가 어째! 이 여자가 정신이 나갔나! 각하, 노여워하지 마십시오. 제 아내가 좀 모자란 면이 있습니다. 장모님도 그러셨거든요.

흘레스타코프　아니, 정말입니다. 난 사랑에 빠졌습니다.

시장　도저히 믿기지 않습니다, 각하!

안나 안드레예브나　사실이라고 말하고 계시는데도 말예요?

흘레스타코프　농담이 아닙니다. 사랑 때문에 나는 미쳐 버릴지도 모릅니다.

시장　정말 믿을 수가 없습니다. 저는 그런 영광을 받을 자격이 없는 사람입니다.

흘레스타코프　진심입니다. 시장님이 따님인 마리야 안토노브나를 내게 주시지 않는다면 난 무슨 짓을 저지를지 모릅니다.

시장　그래도 믿기지 않습니다. 지금 농담하시는 거죠?

안나 안드레예브나　어휴, 왜 저렇게 의심이 많을까! 그만큼 알아든게 말씀하시는데도…….

시장　정말 믿을 수가 없습니다.

흘레스타코프　따님을 내게 주시지요. 난 성미가 급한 사람입니다. 난 이미 마음을 정했어요. 내가 자살이라도 하면 당신은 재판소로 넘겨질 겁니다.

검찰관　**173**

시장   맙소사! 맹세컨대 저는 영혼도 육체도 아무런 죄가 없습니다. 제발 노여움을 푸세요! 각하께서 원하시는 대로 다 하시기 바랍니다! 제 머릿속이 지금……. 무슨 일이 일어나고 있는지 제 자신도 잘 모르겠습니다. 아직까지 한 번도 그런 적이 없었는데, 지금 완전히 바보가 되어 버린 것 같습니다.

안나 안드레예브나   자, 그럼 이제 축복해 줘요!

흘레스타코프가 마리야 안토노브나와 함께 시장에게 다가간다.

시장   신의 은총이 함께하시기를! 하지만 전 정말 죄가 없습니다. (시장이 흘레스타코프와 마리야 안토노브나가 키스하는 모습을 지켜본다) 이게 대체 무슨 일이야! 꿈이야 생시야! (눈을 비빈다) 키스를 하는군. 아, 키스를 하고 있어! 이젠 확실히 약혼자가 된 거야! (기쁨에 겨워 팔짝팔짝 뛰면서 비명을 지른다) 아, 안톤! 아, 안톤! 야호! 정말 모든 일이 다 잘 풀렸군!

16장

앞 장의 등장인물들과 오시프 등장.

오시프 말이 준비되었습니다.

흘레스타코프 아, 그래. 곧 나가지.

시장 무슨 일이신지요? 어디 가시는 겁니까?

흘레스타코프 네, 가 볼 데가 있습니다.

시장 그런데 방금 전에, 그러니까…… 각하께서 직접 결혼에 대한 뜻을…… 비추셨던 것 아니었습니까?

흘레스타코프 아, 잠시…… 하루 여정으로 아저씨께 다녀오려고 합니다. 부자 영감님이시죠. 내일이면 다시 돌아올 겁니다.

시장 억지로 붙잡을 수는 없는 일이지요. 무사히 다녀오시라는 말씀밖에는…….

흘레스타코프 물론이죠, 물론입니다. 곧 돌아올 겁니다. 잘 있어요, 내 사랑……. 아니, 말로는 다 표현할 수가 없군요. 잘 있어요, 아름다운 내 사랑! (마리야 안토노브나의 손에 입을 맞춘다)

시장 가시는 길에 뭐 필요한 건 없으신지요? 여비가 필요하다고 하시지 않았던가요?

흘레스타코프 아, 아닙니다. 뭐, 쓸 데가 있겠습니까? (잠시 생각한 후) 하지만 정 그러시다면 좋습니다.

시장　얼마나 필요하신지요?

흘레스타코프　일전에 내게 200루블이라면서 돈을 주셨는데, 200 루블이 아니라 400루블이더군요. 난 실수로 준 돈은 받고 싶지 않습니다. 그러니까 지금은 정확하게 800루블을 주시면 좋겠군요.

시장　지금 드리지요! (지갑에서 돈을 꺼낸다) 일부러 새 돈으로만 챙겨 드렸습니다.

흘레스타코프　아, 그래요! (지폐를 받아서 살펴본다) 훌륭하군요! 새 돈을 받으면 행운이 온다고들 하지요.

시장　바로 맞히셨습니다.

흘레스타코프　그럼 잘 지내시기 바랍니다, 안톤 안토노비치 시장님! 여러 가지로 신세 많이 졌습니다. 다른 어떤 곳에서도 이렇게 좋은 대접을 받은 적이 없었습니다. 잘 지내세요, 안나 안드레예브나! 잘 있어요, 사랑스런 나의 마리야 안토노브나!

모두 퇴장한다. 무대 뒤에서 목소리가 들려온다.

흘레스타코프의 목소리　잘 지내고 있어요, 내 영혼의 천사, 마리야 안토노브나!

시장의 목소리　어떻게 이런 것을 타고 가십니까? 내내 역마차를 타고 가시는 겁니까?

흘레스타코프의 목소리　그렇습니다. 이미 익숙해진 지 오랩니다. 스프링이 든 푹신한 소파가 딸린 마차를 타면 머리가 아파서 말이죠.

마부의 목소리　워, 워……

시장의 목소리　그래도 의자 위에 최소한 뭐라도 좀 깔아야 되지 않을까요? 작은 양탄자라도 말이죠. 제가 카펫을 깔라고 지시해도 될까요?

흘레스타코프의 목소리　아닙니다, 뭐 그렇게까지 하실 필요가 있겠습니까? 괜한 일입니다. 하지만 정 마음에 걸린다면 카펫을 깔라고 하시지요.

시장의 목소리　이봐, 아브도치야! 창고에 가서 가장 좋은 카펫을 내와. 페르시아 산 하늘색 카펫으로 말이야. 어서 서둘러!

마부의 목소리　워, 워……

시장의 목소리　언제쯤 돌아오실 예정이시죠?

흘레스타코프의 목소리　내일이나 모레쯤입니다.

오시프의 목소리　아, 이게 카펫인가? 이쪽으로 깔게, 이렇게 말이야! 자, 이번엔 이쪽에서부터 깔게.

마부의 목소리　워, 워……

오시프의 목소리　여기 이쪽에서부터! 이쪽으로 말이야! 조금 더! 됐

어. 훌륭해 보이는걸! (손으로 카펫을 두드린다) 이제 앉으시지요, 나리!

흘레스타코프의 목소리 안녕히 계십시오, 안톤 안토노비치!

시장의 목소리 잘 다녀오십시오, 각하!

여자들의 목소리 잘 다녀오세요, 이반 알렉산드로비치!

흘레스타코프의 목소리 잘 있어요, 장모님!

마부의 목소리 자, 이랴, 달려!

종소리가 울린다. 막이 내려간다.

제 5막

같은 방

1장

시장, 안나 안드레예브나, 마리야 안토노브나 등장.

시장 어때, 안나 안드레예브나? 응? 당신은 이런 일이 있을 거라
고 생각해 본 적 있어? 이건 정말 엄청난 횡재야, 횡재. 맙
소사! 어디, 솔직히 한번 말해 봐. 당신은 꿈도 꾼 적 없을
거야. 고작 소도시 시장 부인에서 갑자기……. 아니, 당신
이 말이야, 대체 누구의 장모가 된 거냐고!

안나 안드레예브나 꿈 같은 건 꾸지 않았어요. 하지만 난 오래 전부
터 이런 일이 있을 줄 알았어요. 이건 당신한테나 놀라운 일
이죠. 당신은 그런 고상한 사람들을 본 적이 없는 평범한 사
람이니까요.

시장 여보, 알고 보면 나도 고상한 사람이야. 하지만 정말로 한번
생각해 봐! 도대체 우리가 어떤 사람들이 된 거냐고! 안나
안드레예브나, 우린 지금 하늘 꼭대기에서 날고 있는 거야.
빌어먹을! 잠깐, 잠깐, 탄원서나 밀고장 내기를 좋아한 밀렵
꾼 같은 놈들을 지금 당장 혼내 줘야지. 어이, 거기 누구 없
나? (경찰관이 들어온다) 아, 자네로군, 이반 카르포비치! 상인
놈들을 이리로 불러와. 내가 그 교활한 녀석들에게 본때를

보여 줄 테니! 감히 나를 탄원해! 에잇, 저주받을 유태인 놈들! 어디 두고 보자! 예전에는 그럭저럭 봐줬지만 이번엔 어림도 없어. 아주 요절을 내버릴 테다. 방금 전에 나를 고소하러 다녀갔던 녀석들의 이름을 모조리 적어 와. 특히 상인 놈들한테 탄원서를 써 준 엉터리 작가 놈들의 이름도 빼 놓지 말고 적어 와. 그리고 모든 사람들이 알 수 있도록 공표를 해. 하나님께서 이 시장님께 어떤 영광을 내려 주셨는지 말이야. 시장이 자기 딸을 평범한 사람이 아니라 지금껏 이 세상에서 찾아볼 수 없었던 그런 분에게, 모든 것을 다 할 수 있는 전지전능하신 분에게 시집보낸다고 말이야. 사람들에게 이 기쁜 소식을 외쳐 대고, 망루에 올라가서 있는 힘껏 종을 치라고 해. 빌어먹을! 축하를 하려면 제대로 해야 하지 않겠어. (경찰관이 퇴장한다) 어때, 안나 안드레예브나, 응? 이제 우리 어떻게 할까? 어디서 살지? 여기서 살까, 아니면 상트페테르부르크에서 살까?

안나 안드레예브나 당연히 상트페테르부르크에서 살아야죠. 어떻게 여기 남아 있겠어요!

시장 그래, 상트페테르부르크에서 살아야 한다면 거기도 좋지. 하지만 여기도 나쁘지는 않을 텐데. 그런데 말이지, 상트페테르부르크에서 살면 시장 직도 그만둬야 할 거야. 그렇겠지, 안나 안드레예브나?

안나 안드레예브나   당연하죠, 시장 직이 다 뭐랍니까!

시장   그런데 당신은 어떻게 생각해? 이젠 높은 자리에 오를 수 있 겠지? 각하께서는 장관들과 허물없이 지내는 사이인데다가 왕궁 출입도 하시지 않는가 말이야. 그러니 내가 장군 직에 오르는 건 시간 문제란 말씀이지. 안나 안드레예브나, 당신 생각은 어때? 내가 장군 직까지 올라갈 수 있을까?

안나 안드레예브나   말해 뭐 하겠어요! 당연히 오를 수 있죠.

시장   아, 장군이 된다면 얼마나 멋질까! 어깨에 훈장 술을 주렁주 렁 늘어뜨리고 다닐 텐데. 어떤 색깔의 훈장 술이 좋을까, 안나 안드레예브나? 빨간색? 아니면 하늘색?

안나 안드레예브나   물론 하늘색이 더 좋지요.

시장   뭐? 무슨 소리를 하는 거야! 빨간색 술이 더 좋지. 그건 그 렇고, 당신은 내가 왜 장군이 되고 싶어하는 줄 알아? 장군 이 되면 어딜 가나 파발꾼과 부관들이 앞서 뛰어가 "말을 대기시켜!" 하고 외치기 때문이지. 원래 역참에서는 사람들 에게 말을 내주지 않잖아. 9등급 관리, 장교, 시장들이 맥 놓고 기다리는 동안, 장군은 태연하게 제 갈 길을 가는 게 지. 그리고 어느 도시의 시장 집에 들러 식사를 하더라도 "거기 서 있게, 시장!" 하고 말할 수 있거든. 우하하! (큰 소 리로 웃으며 자지러진다) 어때, 정말 매력적인 직책이잖아!

안나 안드레예브나   당신은 항상 그런 천박한 행동만 좋아한다니까.

당신은 이제 살아가는 방식을 완전히 바꿔야 해요. 함께 토끼 사냥이나 하러 다니던 개에 미친 판사나 지블랴니카 병원장 같은 부류의 사람들과 어울리던 시절은 끝났어요. 이제 당신이 교제하게 될 사람들은 사교에 능란한 백작들과 상류 사회 인사들이 될 테니까요. 솔직히 난 당신이 걱정스러워요. 당신은 상류 사회에선 절대 사용하지 않는 단어들을 내뱉곤 하잖아요.

시장 무슨 소리야! 여태껏 나는 말 잘못해서 문제된 적 없었어.

안나 안드레예브나 물론 그건 당신이 시장이었을 때 얘기구요. 이제는 완전히 다른 삶을 살아야 된다니까요.

시장 참, 상트페테르부르크에는 붕장어와 황어라는 물고기가 있다더군. 한입 베어 물면 입 속에 침이 절로 고일 만큼 맛이 일품이라는군.

안나 안드레예브나 계속 물고기 얘기나 하고 있을 거예요! 내가 원하는 건 우리 집이 상트페테르부르크에서 가장 손꼽히는 집이 되어야 한다는 거예요. 내 방에는 향기가 가득해서 눈을 감지 않고는 들어갈 수 없을 만큼 멋진 집 말이에요. (눈을 감고서 냄새를 맡는 시늉을 한다) 아! 그러면 얼마나 좋을까!

∽ 2장 ∾

앞 장의 등장인물들과 상인들 등장.

시장　아! 반갑네, 자네들!

상인들　(인사를 하면서) 안녕하십니까, 나리!

시장　지내기는 어떤가? 장사들은 잘 되고? 그래, 사모바르⁺ 상인
들과 포목점 상인들이 탄원서를 냈다고? 이런 사기꾼, 악당,
해적 놈들 같으니! 감히 탄원을 해? 무슨 탄원을 했지? 그래
서 뭐 좋은 일이라도 있었나? 나를 감옥에 가둘 수 있다고
생각했겠지! 어이, 거기 상인 일곱 명, 이 악마 같은 놈들아,
그리고 너, 이 마녀 같은 것, 내가 너희 입을 그냥…….

안나 안드레예브나　내가 정말 못살아, 안토샤! 지금 당신 무슨 말들
을 입 밖으로 내뱉고 있는 거예요!

시장　(불만스러워하며) 지금 내가 말버릇에 신경 쓸 때야! 너희 말이
야, 알고는 있나? 너희가 탄원을 올렸던 그 관리 분과 내 딸
이 결혼을 한단 말이다. 들었어? 들었냐고? 자, 이제 뭐라고
지껄일 테냐? 이제 네 연놈들을 그냥……! 네 놈들은 세상

⁺ **사모바르**: 찻물을 끓이는 러시아 전통 주전자.

을 속이고 있어. 엉터리 같은 비단을 관청에 납품하고 국고에서 10만 루블을 빼내 갔지. 그 대가로 나한테 겨우 비단 20아르신을 갖다 바쳐 놓고서 상까지 달라는 말이야? 만약 들통 나는 날엔 네 놈들을 그냥. 그러고도 배때기를 앞으로 쑥 내밀고 다니면서 "우린 장사꾼이니 건들지 마슈. 우린 귀족한테도 양보 못 하오" 하고 떠들고 돌아다녔지. 그래, 말 잘했다, 귀족이라니……. 이런 뻔뻔한 놈들! 귀족은 학문을 하는 사람이야. 비록 학교에서 벌을 받는다 해도, 그건 뭔가 유익한 일을 배우기 위한 과정일 뿐이란 말이야. 그런데 네 놈들은 뭐야? 네 놈들은 사기 치는 것부터 배우기 때문에 주인이 매를 치는 거야. 아직 '하늘에 계신 우리 아버지!'[+]도 제대로 말할 줄 모르는 애송이 녀석들이 사기부터 치고 말이야. 배때기가 나오고 호주머니가 좀 두둑해지니까 눈에 뵈는 게 없나 보지? 흥, 이놈들아, 세상에 둘도 없는 이 뻔뻔한 것들아! 네 놈들이 사모바르 열여섯 개를 하루에 다 팔아 치운다고 해서 그렇게 으스대는 거냐? 그래, 내가 네 놈들의 으스대는 그 대가리에 침을 뱉어 주마!

상인들 (머리를 조아리면서) 저희가 잘못했습니다, 안톤 안토노비치 시장님!

[+] 하늘에 계신 우리 아버지 : 주기도문의 첫 문장.

시장 감히 탄원을 해? 네 놈들이 다리를 건설하면서 100루블도 안 되는 나무 가격을 2만 루블이라고 써 놓고 사기를 칠 때, 그걸 도와 줬던 사람이 누구냐? 바로 내가 네 놈들을 도와 주지 않았느냐, 이 염소 대가리들아! 너희가 그 사실을 잊어 버렸던 모양이구나. 내가 그 사실을 밝혀서 네 놈들을 모조리 시베리아로 추방시켜 버릴 수도 있어. 자, 입이 있으면 어디 변명이라도 해 봐, 응?

상인들 중 한 사람 저희가 잘못했습니다, 시장님! 저희가 잠시 악마한테 홀리기라도 했나 봅니다. 앞으로는 절대 탄원 같은 건 하지 않겠습니다. 맹세드리겠습니다. 무엇이든 하라는 대로 하겠으니 부디 노여움을 푸세요.

시장 노여움을 풀라고? 이제야 내게 애원을 하는구나. 네 놈들이 애원을 하는 이유는 내가 이겼기 때문이야. 만일 조금이라도 네 놈들에게 유리하면 네 놈들은 말이야, 나를 진흙탕 속에 처넣고 짓밟는 것도 모자라서 그 위에 통나무를 얹어 놓을 놈들이야. 이 사기꾼 같은 놈들!

상인들 (머리를 조아린다) 살려 주십시오, 시장님!

시장 살려 달라고? 이제 와서 살려 달라고! 네 놈들이 내게 무슨 짓을 했는데? 내가 이것들을 그냥……. (손을 내저은 후) 그래, 신께서 자비를 베푸실 게다! 이제 됐어. 난 두고두고 누구를 저주하는 사람은 아니야. 하지만 이제부터는 네 놈들이 수상한 짓거리를 하는지 지켜보면서 경계를 늦추지 않겠어! 그리고 난 딸을 그냥 평범한 사람한테 시집보내는 게 아니란 말이야. 아주 큰 경사가 났으니……. 내 말이 뭘 의미하는지 잘 알아듣겠지? 건어물 따위나 설탕 덩어리로 대충 때우려 들면 어림없을 줄 알아. 됐어, 이제 나가 봐!

상인들이 퇴장한다.

앞 장의 등장인물들과 암모스 표도로비치, 아르체미 필리포비치, 라스타코프스키 등장.

암모스 표도로비치   (아직 문 가에서) 제가 들은 게 사실입니까, 시장님? 굉장한 행운이 찾아 들었다면서요?

아르체미 필리포비치   굉장한 행운을 축하드리게 되어 영광입니다. 소식을 듣고 정말 진심으로 기뻤습니다. (안나 안드레예브나의 손에 입을 맞추러 다가간다) 안나 안드레예브나! (마리야 안토노브나의 손에 입을 맞추러 다가간다) 마리야 안토노브나!

라스타코프스끼   (무대에 등장한다) 시장님, 축하드립니다! 시장님과 새 신랑 신부의 무병장수와 가문의 번창을 기원합니다. 안나 안드레예브나! (안나 안드레예브나의 손에 입을 맞추러 다가간다) 마리야 안토노브나! (마리야 안토노브나의 손에 입을 맞추러 다가간다)

4장

앞 장의 등장인물들, 카로브킨과 그의 아내, 륨류코프 등장.

카로브킨 축하합니다, 시장님! 안나 안드레예브나! (안나 안드레예브나
의 손에 입을 맞추러 다가간다) 마리야 안토노브나! (마리야 안토노
브나의 손에 입을 맞추러 다가간다)

카로브킨의 아내 새로운 행운을 진심으로 축하드려요, 안나 안드레
예브나!

륨류코프 정말 축하드립니다. 안나 안드레예브나! (손에 입을 맞추고
나서 용기를 내어 관객들에게도 입 맞추는 시늉을 한다)

프록코트와 연미복을 차려입은 수많은 손님들이 "안나 안드레예브나, 축하합니다!" 라고 말하면서 그녀의 손에 입을 맞춘 다음, "마리야 안토노브나, 축하합니다!" 라고 말하면서 그녀 쪽으로 다가간다. 보브친스키와 도브친스키가 사람들을 밀치면서 앞으로 나온다.

보브친스키   진심으로 축하드립니다!

도브친스키   시장님! 이렇게 축하드리게 되어 영광입니다.

보브친스키   얼마나 기쁘십니까?

도브친스키   안나 안드레예브나!

도브친스키와 보브친스키 두 사람이 동시에 다가가다 이마를 부딪친다.

도브친스키   마리야 안토노브나! (손에 입을 맞추려고 다가간다) 축하해요. 이제 아가씨는 커다란, 아주 커다란 행복을 누리면서 값비싼 옷을 입고 온갖 산해진미를 맛보게 될 겁니다. 물론 유쾌한 시간들일 거예요.

보브친스키   (말을 가로채며) 마리야 안토노브나, 정말 축하해요! 신께서 세상의 온갖 부귀영화와 귀여운 아들 그러니까 손바닥

위에 앉힐 수 있을 만큼 요렇게 작고 귀여운 (손으로 시늉을 한다) 아들을 내려 주실 겁니다. 그렇고말고요. 사내아이는 이렇게 울어 댈 겁니다. 응애! 응애! 응애!

☞6장☜

여전히 손에 입을 맞추기 위해 다가가고 있는 몇 명의 손님들과 루카 루키치,
그리고 그의 아내.

루카 루키치   축하드립니다.

루카 루키치의 아내   (앞으로 달려가며) 정말 축하드려요, 안나 안드레
예브나! (서로 뺨에 입을 맞춘다) 전 정말 기뻤답니다. 안나 안
드레예브나가 딸을 시집보내게 됐다는 소식을 전해 들었을
때 정말 잘 됐다고 생각하면서 남편에게 "여보 루칸칙[+], 안
나 안드레예브나 사모님에게 행운이 찾아왔어요!"라고 말
했답니다. 어찌나 기쁜지 당장 축하해 드리고 싶다고 남편
을 졸랐다니까요! '그동안 사모님이 따님에게 좋은 배필이
나타나기를 그토록 기다리시더니, 드디어 그 운명을 만나게
됐구나! 사모님이 원하시던 대로 모든 것이 잘 이루어졌어'
라고 생각하자 목이 메어 말이 안 나오더군요. 처음에는 훌
쩍거리기만 했는데 나중에는 감정이 복바쳐 올라 펑펑 울었
어요. 그러자 루카 루키치가 "무슨 일 있어, 나젠카? 왜 그

✛ **루칸칙** : 루카 루키치의 애칭.

렇게 대성통곡을 하는 거야?" 하고 묻더군요. 그래서 제가 "루칸칙, 나도 내가 왜 이러는지 모르겠어요. 눈물이 소낙비처럼 마구 쏟아져 내리네요" 하고 대답했답니다.

시장 자, 여러분, 자리에 앉아 주시기 바랍니다. 어이, 미슈카, 여기 의자들을 더 가져와!

손님들이 자리에 앉는다.

∞7장∞

앞 장의 등장인물들, 경찰서장과 경찰관들 등장.

경찰서장   각하, 이렇게 축하드리게 되어 영광입니다. 오랫동안 평
        안하시길 기원합니다!

시장   고맙소, 고맙소. 자, 여러분, 자리에 앉아 주시기 바랍니다!

손님들이 자리에 앉는다.

암모스 표도로비치   괜찮으시다면, 시장님, 이런 경사가 어떻게 이루
        어진 건지 말씀해 주시겠어요? 일이 진행된 순서대로 차근
        차근 말입니다.

시장   정말 대단했지. 각하께서 직접 청혼을 하셨소.

안나 안드레예브나   아주 점잖고 고상한 방법으로 하셨지요. 모든 걸
        정말 훌륭하게 말씀하셨답니다. "안나 안드레예브나, 나는
        당신의 가치를 높이 사며, 이에 대한 존경의 마음으로······"
        라고 하시는데, 정말 고결함이 몸에 배어 있는 멋지고 교양
        있는 분이에요. 그리고는 또 "안나 안드레예브나, 어떻게
        생각하실지 모르지만, 나의 삶이란 한푼의 가치도 없는 하

찮은 것이랍니다. 그래서 나는 당신이 지니고 계신 보기 드문 품성을 더욱 존경해 마지 않습니다"라고 하셨어요.

마리야 안토노브나　어머, 엄마! 그 말은 내게 하신 말씀이에요.

안나 안드레예브나　가만히 있어, 너는 아무것도 몰라. 아무 때나 끼어들지 마! "안나 안드레예브나, 나는 정말 놀랐습니다." 하며 칭찬을 늘어놓는 거예요. 그래서 제가 그분에게 "저희 같은 사람들이 어떻게 감히 그런 영광을 기대할 수 있겠어요?"라고 말하려는 순간, 그분이 갑자기 무릎을 꿇으시고 아주 고귀한 태도로 "안나 안드레예브나, 나를 불행한 인간으로 만들지 말아 주세요! 내 감정을 받아들여 주세요. 그렇지 않으면 죽음으로써 나의 삶을 마감하겠습니다"라고 말씀하시더군요.

마리야 안토노브나　엄마, 그건 그분이 내게 말씀하신 거예요.

안나 안드레예브나　그래, 물론…… 너에 관한 이야기지, 누가 뭐래니!

시장　난데없이 자살을 하겠다고 해서 얼마나 놀랐는지. 글쎄 "자살해 버리겠어, 자살하겠단 말이요!"라고 했답니다.

손님들　그럴 리가요!

암모스 표도로비치　농담이겠죠!

루카 루키치　이건 바로 운명이 그렇게 이끈 거야.

아르체미 필리포비치　이보시오, 그건 운명이 아니라 그동안 시장님이 쌓아 오신 공적 때문이오. (방백) 행복은 항상 저런 돼지 같은 녀석의 입 속으로 기어든단 말이지!

암모스 표도로비치   시장님, 제가 일전에 말씀드렸던 수캐 말입니다. 그놈을 시장님에게 팔겠습니다.

시장   됐소, 난 지금 수캐 따위에 신경 쓸 겨를이 없단 말이오.

암모스 표도로비치   뭐, 정 내키지 않으신다면 다른 개를 데리고 올 테니 한번 보시지요.

카로브킨의 아내   아, 안나 안드레예브나? 당신이 행복해하시니 저도 얼마나 기쁜지 몰라요! 아직 실감이 안 나실 것 같아요.

카로브킨   그 유명하신 분은 지금 어디에 계신 거죠? 무슨 볼일이 있어 떠나셨다고 들었습니다만…….

시장   맞소, 그분은 아주 중요한 일이 있어서 하루 여정으로 어딜 좀 다녀오신다고 했소.

안나 안드레예브나   축복을 받으려고 그분 아저씨 댁에 가셨어요.

시장   맞아, 축복을 받으려고 가셨지. 하지만 내일쯤이면……. (재채기를 한다. 축하 인사 소리가 합쳐지면서 웅성거림으로 변한다) 정말 많은 축복을 받을 거야! 하지만 내일이면 돌아오실……. (재채기를 한다. 축하 인사 소리가 다른 목소리들보다 더 잘 들린다)

경찰서장의 목소리   각하, 건강을 빕니다!

보브친스키의 목소리   무병장수와 부귀영화를 기원합니다!

도브친스키의 목소리   부디 몸 건강히 오래오래 사세요!

아르체미 필리포비치의 목소리   이 세상에서 꺼져 버려라!

카로브킨의 아내의 목소리   귀신은 뭐 하고 있나, 저런 놈 안 잡아가고!

시장   정말 고맙소! 여러분들에게도 많은 복이 있길 바라오!

안나 안드레예브나   우리는 이제 상트페테르부르크에서 살 계획이랍니다. 솔직히 이곳은 분위기가…… 너무 촌스러워요! 솔직히, 좀…… 불쾌하지요. 그리고 제 남편도…… 상트페테르부르크에서 장군 서열에 오르게 될 테니까요.

루카 루키치   꼭 오르시게 될 겁니다.

라스타코프스키   인간의 힘으로는 불가능하겠지만, 신의 도움을 받는다면 모든 것이 가능합니다.

암모스 표도로비치   큰 배에는 큰 바다가 필요한 법입니다.

아르체미 필리포비치   공적을 쌓는 만큼 명예도 올라가는 법입니다.

암모스 표도로비치   (방백) 진짜 장군이 되기라도 하는 날에는 아주 볼 만하겠구만! 네 놈 같은 인간이 장군이 되는 거나, 돼지 목에 진주 목걸이를 걸어 놓는 거나 다를 게 뭐야! 흠, 아니지, 아직은 어림없는 일이야. 네 놈보다 훨씬 청렴결백한 사람들도 여태 장군이 되지 못하고 있는걸.

아르체미 필리포비치   (방백) 얼씨구, 빌어먹을, 벌써 장군이라도 된 모양이군! 하긴 장군이 될지도 모르지. 그 녀석은 상당히 중요한 지위에 있는 놈 같아 보였어. 그래도 제대로 정신이 박힌 사람이라면 저런 인간을 장군으로 뽑아 갈 일은 없을 거야. (시장 쪽을 향해) 안톤 안토노비치 시장님, 그때는 우리들을 잊지 마시기 바랍니다.

암모스 표도로비치 만일 무슨 일이 생기면 말입니다, 뭐 업무상의 일 같은 걸로 말이죠, 모른 척하시지 않기 바랍니다.

카로브킨 조국에 보탬이 될 수 있도록 내년에 아들 녀석을 수도로 보낼 테니, 이 미천한 아비를 봐서라도 잘 돌봐 주시기 바랍니다.

시장 나야 항상 준비되어 있소, 내가 한번 힘써 보리다.

안나 안드레예브나 안토샤, 당신은 무턱대고 약속을 하는 게 탈이에요. 당신한테는 그런 것까지 신경 쓸 겨를이 없을 거예요. 뭣 때문에 그런 약속들에 치여 매번 쩔쩔매는 거죠?

시장 안 될 것도 없지. 안 그런가, 내 사랑? 가끔씩은 괜찮아.

안나 안드레예브나 물론 그럴 수도 있지요. 하지만 하찮은 사람들의 일에 매번 신경 써 줄 수는 없잖아요.

카로브킨의 아내 여러분, 들으셨죠? 지금 우리를 어떻게 취급하는지?

여자 손님들 놀랄 것도 없죠. 저 여자는 원래 저 모양이잖아요. 억울하면 일단 남편을 출세시키고 봐야죠. 그 다음이야 남편이 알아서 할 일이고……

⌒ 8장 ⌒

앞 장의 등장인물들과 손에 편지를 한 장 들고 숨을 헐떡이면서 들어오는 우체국장 등장.

우체국장   여러분, 놀랄 일이 생겼습니다! 우리가 검찰관으로 알고 있던 그 관리가 실은 검찰관이 아니었습니다.

일동   검찰관이 아니라니?

우체국장   검찰관은 확실히 아닙니다. 이 편지를 읽고 그 사실을 알았습니다.

시장   뭐야? 무슨 소리야? 어떤 편지를 읽었다는 거야?

우체국장   그 사람이 직접 쓴 편지를 읽었습니다. 제가 우체국에 있는데 누군가 편지 한 통을 가져왔더군요. 주소를 힐끗 봤더니 '포치탐스카야 거리'라고 쓰여 있었습니다. 정신이 멍해지더군요. '이건 분명 우리 우체국 관할 지역에서 발견된 허점을 상부에 보고하는 편지로구나'라는 생각이 들었습니다. 그래서 봉투를 뜯어 보았습니다.

시장   당신이 어떻게 그런 짓을?

우체국장   저도 모르겠어요. 귀신에게 홀린 모양입니다. 처음에는 빨리 보내려고 파발꾼까지 불렀는데, 전에는 느껴 보지 못했던 호기심이 갑자기 밀려드는 겁니다. 마음속에서는 '할 수 없어, 할 수 없어, 할 수 없어'라는 소리가 들렸습니다. 하지만 손은 이미 편지를 향해 슬금슬금 다가가고 있었지요. 한쪽 귀에서는 '이봐, 뜯으면 안 돼. 닭 모가지 비틀리듯 순식간에 신세를 망칠 수 있어'라는 소리가 들리고, 다른 쪽 귀에서는 마치 악마가 와서 속삭이듯이 '뜯어 봐, 뜯어 봐, 뜯어 봐!'라는 외침이 들렸습니다. 편지 봉투의 봉인된 부분을 손으로 누르자 뜨거운 불길이 혈관을 타고 지나갔습니다. 마침내 봉인을 뜯자 이번에는 싸늘한 한기가 혈관을 타고 흐르더군요. 정말 오싹했습니다. 양손이 덜덜 떨리고, 모든 것이 흐릿해졌습니다.

시장   당신은 어쩌자고 황제 폐하로부터 전권을 위임받고 온 귀한 분의 편지를 뜯을 생각을 한 거요?

우체국장   문제는 바로 거기에 있습니다. 그자는 전권을 위임받은 분도 아니고, 귀한 분도 아니라는 겁니다.

시장   당신 생각대로라면 대체 누구란 말이요?

우체국장   아무것도 아닌 작자죠. 뭐 하는 놈인지 알 게 뭡니까?

시장   (격분하면서) 아무것도 아닌 작자라니, 그게 무슨 소리야? 어떻게 감히 그분을 아무것도 아닌 작자라고 부르는 거야? 게다가 뭐 하는 놈인지 알 게 뭐냐고? 당신을 체포하겠어…….

우체국장   누가요? 시장님께서요?

시장   그래! 내가 체포한다.

우체국장   그럴 만한 힘이 없을 텐데요.

시장   그분은 내 딸과 결혼할 거요. 그리고 나도 고관이 될 거란 말이요. 난 당신을 시베리아로 추방시켜 버릴 수도 있소.

우체국장   답답하군요! 시베리아라고요? 시베리아는 먼 곳이에요. 아무래도 내가 편지를 읽어 줘야겠군요. 여러분, 편지를 읽을까요?

일동   읽어요! 읽어요!

우체국장   (편지를 읽는다) "이보게 트랴피치킨, 나한테 일어난 기적 같은 일에 대해 서둘러 몇 자 적네. 여행 중에 어떤 보병 대위 녀석에게 잘못 걸려서 완전히 빈털터리가 되었네. 그 때문에 여관 주인이 나를 감옥에 처넣으려고 했지. 그런데 상트페테르부르크 분위기를 풍기는 나의 용모와 옷차림 때문인지 갑자기 도시 전체가 나를 검찰관으로 잘못 안 걸세. 지금 난 시장 집에서 호의호식하며 그자의 아내랑 딸과 놀아나고 있어. 누구부터 건드릴지는 아직 결정하지 못하였네. 아무래도 시장 부인과 먼저 일을 벌이지 않을까 싶네. 손짓만 하면 언제든 튀어나올 여자처럼 보이거든. 자네 혹시 기억 나는가, 일전에 자네와 내가 주머니 사정이 좋지 않았던 시절에 끼니를 해결하고 다녔던 일 말일세. 한번은 우리가 먹은 파이 값을 영국 국왕이 낼 거라고 말했다가 빵집 주인이 내 멱살을 잡았던 사건이 있었잖은가. 그런데 이번에는 정반대라네. 모두 내가 달라는 대로 돈을 척척 빌려 준다네. 정말 이상한 사람들이지. 자네가 이 글을 보면 아마 포복절도할 걸세. 자네는 글을 쓰는 사람이니 이 이상한 사람들에 대한 이야기를 작품의 소재로 써 보게나. 먼저 시장이라는 자는 말일세, 희끗희끗한 털이 섞인 거세당한 말처럼 멍청하고……."

시장   그럴 리가 없어! 편지에는 없는 말이야!

우체국장   (편지를 보여 준다) 직접 읽어 보시죠.

시장   (읽는다) "희끗희끗한 털이 섞인 거세당한 말처럼……." 그럴 리가 없어. 이건 당신이 직접 써 넣은 게 분명해.

우체국장   제가 무슨 수로 그걸 써 넣겠습니까?

아르체미 필리포비치   계속 읽으시오!

루카 루키치   읽어 보시오!

우체국장   (계속해서 읽어 나간다) "시장은 희끗희끗한 털이 섞인 거세당한 말처럼 멍청하고……."

시장   젠장, 빌어먹을! 꼭 그렇게 반복해서 읽어야 되는 이유가 뭐야? 그 문장 하나 빠진다고 해서 편지 내용이 바뀌는 것도 아니잖아.

우체국장   (계속해서 읽어 나간다) 흠, 흠……. 흠, 흠……. "희끗희끗한 털이 섞인 거세당한 말. 우체국장 역시 선량한 인간으로……." (읽던 것을 멈춘다) 어라, 그자가 나에 대해서도 역시 좋지 않은 표현을 썼군.

시장　아니, 뺄 것 없이 다 읽도록 해!

우체국장　알아서 어쩌게요?

시장　이런, 빌어먹을! 기왕 읽기 시작한 것이니 끝까지 다 읽으라는 거야! 다 읽으란 말이야!

아르체미 필리포비치　이리 줘 봐요. 내가 읽지요. (안경을 쓰고 읽어 내려간다) "우체국장은 본청의 수위 미혜예프를 꼭 빼닮은 인물인데, 역시 사기꾼에 술꾼임에 틀림없다네."

우체국장　(관객들을 향해) 정말이지, 채찍질로 다스려야 할 나쁜 놈일세. 채찍질 외엔 소용없는 놈이야!

아르체미 필리포비치　(계속해서 읽어 나간다) "그 다음 자선 병원장으…… 은……." (더듬거린다)

카로브킨　읽다가 왜 멈추는 거요?

아르체미 필리포비치　아, 필체가 정확치가 않아서……. 아무튼 그자는 질이 나쁜 인간임에 틀림없어.

카로브킨　이리 내시오! 내가 시력이 더 좋으니 내가 읽는 편이 낫겠소. (편지를 잡는다)

아르체미 필리포비치　(편지를 건네주지 않으려고 하면서) 아니, 이 부분은 그냥 생략해도 될 듯하오. 그 다음은 필체가 선명하니 잘 보이는군.

카로브킨   그냥 이리 주시오. 당신이 왜 그러는지 알 만합니다.

아르체미 필리포비치   읽을 거라면 내가 직접 읽겠소. 그 다음부터는 글씨가 다 또박또박해서 읽기 쉽단 말이오.

우체국장   아니, 죄다 읽어요! 다른 사람들 것도 이미 다 읽었잖소.

일동   아르체미 필리포비치 병원장, 편지를 내놓으시오. 내놓으란 말이오! (카로브킨에게) 읽으시오!

아르체미 필리포비치   알았어요, 알았어. (편지를 넘겨준다) 자, 여기 있소. (손가락으로 편지를 가리킨다) 자, 여기부터 읽으시오. (모두 아르체미 필리포비치에게 다가간다)

우체국장   그래, 읽어! 읽으란 말이야! 시시콜콜한 것까지 모조리 다 읽으란 말이야!

카로브킨   (읽는다) "자선 병원장인 지플랴니카는 돼지가 벙거지를 쓴 꼴을 하고 있네."

아르체미 필리포비치   (관객을 향해서) 뭐 이런 몰상식한 표현이 있어! 돼지가 벙거지를 쓴 꼴이라니! 세상에 어떤 돼지 새끼가 벙거지를 쓰고 돌아다닌다는 거야?

카로브킨   (계속해서 읽어 나간다) "교육감이란 자는 시종일관 양파 썩은 냄새를 풍기다 갔네."

루카 루키치   (관객을 향하여) 맹세컨대, 난 태어나서 지금까지 한 번도 양파를 입에 댄 적이 없습니다.

암모스 표도로비치   (방백) 천만다행이군. 적어도 나에 관한 이야기는

없는 모양이네.

카로브킨   (읽는다) "판사는⋯⋯."

암모스 표도로비치   이런 젠장! (큰 소리로) 여러분, 보아하니 편지가 꽤 긴 듯싶습니다. 편지 속에 뭐 대단한 거라도 있답니까? 이런 쓰레기 같은 걸 읽어서 뭘 하겠습니까?

루카 루키치   그렇지 않소!

우체국장   읽으시오!

아르체미 필리포비치   어서 읽으시오!

카로브킨   (계속 읽는다) "판사 랴프킨-챠프킨은 대단한 '모베-톤'⁺이네." (읽기를 멈춘다) 아마도 프랑스 어인 것 같군요.

암모스 표도로비치   아, 그게 대체 무슨 뜻이야, 무슨 뜻인지 알 수가 없어! 차라리 사기꾼 정도의 뜻이라면 그나마 괜찮을 텐데. 보아하니, 그것보다 훨씬 더 안 좋은 뜻인 것 같군.

카로브킨   (계속해서 읽는다) "하여간 모두 친절하고 선량한 마음을 지닌 인물들이네. 잘 있게, 트랴피치킨. 나도 자네를 본받아 글을 써 보고 싶네. 이보게, 친구, 이젠 정말이지 먹고 마시기 위한 삶이 아니라 영혼을 위한 삶을 살아 보고 싶네. 확실히 뭔가 좀 고상한 일을 해야 할 필요성을 느끼고 있어. 사라토프 현 내 집으로 편지하게나. 그쪽에 있는 파드카칠로프 마을로 말이야. (편지를 뒤집어서 주소를 읽는다) 친애하는 이반 바실리예비치 트랴피치킨 귀하. 상트페테르부르크, 포치탐스카야 거리 97번지, 뜰 안쪽 3층 오른쪽 방."

부인 가운데 한 사람　정말 예기치 못한 질책이군요!

시장　사람을 완전히 갈기갈기 찢어 놓는군! 망했어, 망했어, 완전히 망했어! 앞이 캄캄해. 사람 얼굴 대신 돼지 코 같은 것만 보여. 더 이상 아무것도 보이질 않아. 잡아와, 당장 그놈을 잡아오란 말이야! (손을 휘젓는다)

우체국장　어디서 잡아온단 말입니까? 일부러 역참지기에게 가장 좋은 마차를 내주라고 명령까지 내렸단 말입니다. 귀신한테 홀리기라도 한 것처럼 말이죠.

카로브킨의 아내　이제 모든 게 분명해졌군요. 정말 이게 무슨 난리예요!

암모스 표도로비치　여러분, 그 빌어먹을 놈이 내게서 300루블을 빌려 갔단 말입니다.

아르체미 필리포비치　나한테도 300루블을 가져갔어요.

우체국장　(한숨을 내쉬며) 으휴! 나한테서도 300루블을 가져갔어요.

보브친스키　나와 표트르 이바노비치에게서는 65루블을 가져갔어요.

암모스 표도로비치　(어리둥절한 표정으로 팔을 벌리며) 이게 대체 어떻게 된 겁니까, 여러분? 어떻게 이런 일이 일어난 거죠? 우린 완전히 헛다리를 짚었어요.

시장　(자신의 이마를 친다) 대체 이게 무슨 꼴이야? 어떻게 내가? 늙어 빠진 바보 같으니라고! 멍청한 양 새끼처럼 정신을 팔고

헛살았어! 30년 공직 생활 동안 장사치나 청부업자들한테도 이렇게까지 당한 적은 없었어. 난다 긴다 하는 사기꾼들도 속여 봤고, 온 세상을 도둑질해 갈 만한 교활한 놈들과 협잡꾼 녀석들도 속여 봤어. 도지사 세 명한테도 사기를 쳤지. 도지사가 다 뭐야! (손을 내젓는다) 도지사 얘기라면 할 것도 없어…….

안나 안드레예브나 안토샤, 그럴 리가 없어요. 그분은 마셴카와 약혼까지 했는데…….

시장 (화를 벌컥 내며) 약혼이라고? 이런 제기랄! 그래 약혼 한번 잘했다! 어떻게 내 앞에서 약혼을 들먹거려! (극도로 흥분해서) 자, 여기 보시오, 여기 좀 보시오. 온 세상 사람들이여, 기독교인들이여, 모두 이 시장이 농락당한 꼬락서니를 좀 보시오! 모두 이 멍청한 시장에게, 이 늙은 사기꾼에게 바보라고 손가락질을 하시오! (주먹으로 자기 자신을 친다) 에라, 이 주먹코 늙은이야! 그런 볼품없고 걸레 같은 놈을 귀한 분으로 착각해서 떠받들어! 그놈은 지금 마차에 달린 방울을 짤랑대면서 신나게 달리고 있겠지! 그리고 온 세상을 돌아다니며 이 이야기를 퍼뜨리겠지. 단지 웃음거리가 되는 정도가 아니라 삼류 작가나 엉터리 작가들도 얼씨구나 하면서 나를 조롱거리로 삼아 꼴에 희극이란 걸 쓰겠지. 이런 치욕이 어디 있나. 관직도 신분도 모조리 다 파헤쳐질 거야. 그리고 모두 이를 훤히 드러내고 박수를 치며 깔깔대겠지. 뭐가 그리 우습단 말이야? 결국은 자기 얼굴에 침 뱉기라고! 내 이 놈들을……! (씨근덕거리면서 발로 마룻바닥을 쿵쿵 쳐 댄다) 내가 이 삼류 작가 녀석들을 모조리 다! 으휴, 망할 놈의 삼류 작가들, 빌어먹을 자유주의자들! 악마 같은 자식들! 내가 네 놈들을 몽땅 밧줄로 꽁꽁 묶고 얼굴에는 밀가루를 잔뜩 묻혀서 악마의 옷 속에 처넣어 버리고 말겠다! 악마의 모자 속에 처넣어 버리겠다고! (주먹을 내밀면서 구두 뒤축으로 마룻바닥을 친다. 그리고 잠시 침묵해 있다가) 아직도 정신을 차릴 수가 없군. 신이 벌을 내릴 때 이성을 먼저 빼앗아 간다는 말이 맞긴 맞는 모양이야. 대체 그 경박한 놈의 어디가 검찰관을 닮았단 말이야? 한 군데도 없어. 털끝만큼도 닮은 데라곤 없어. 그런데 그런 녀석을 보고 갑자기 "검찰관이다, 검찰관!" 하고 모두 난리를 쳤다니! 대체 누가 제일 먼저 그놈을 보고 검찰관이라고 한 거야? 대답해 봐, 누구야?

아르체미 필리포비치 (하늘을 향해 양손을 벌리면서) 대체 어쩌다 일이 이 지경이 되었는지……. 당장 죽인다고 말씀하셔도 할말이 없습니다. 무슨 신기루 같은 것에 홀려서 악마가 장난을 친 것 같습니다.

암모스 표도로비치 누가 먼저 헛소문을 내고 다닌 거야? 옳거니, 바로 이자들이군. (도브친스키와 보브친스키를 손가락으로 가리킨다)

이런 멍청이들!

보브친스키　　맹세코, 나는 아닙니다. 나는 그런 생각을 하지 않았습니다.

도브친스키　　나는 이 일과 아무런 관련도 없어요.

아르체미 필리포비치　　당신들이 아니라면, 그럼 누구란 말이야?

루카 루키치　　당연히 이자들이야. 미친 사람들처럼 여관에서 그놈을 보고 뛰어와서는 "왔습니다, 왔습니다. 그리고 돈도 내지 않고 있습니다……"라고 말했지. 그래, 참 잘도 봤어!

시장　　맞아, 당신들이야! 유언비어를 만들어 낸 망할 놈의 수다쟁이들, 저주받을 거짓말쟁이들아!

아르체미 필리포비치　　그 잘난 당신들의 검찰관과 그 얘깃거리를 가지고 썩 꺼져 버려!

시장　　온 도시를 쏘다니면서 소란을 피우는 망할 놈의 수다쟁이들, 유언비어나 만들어 내는 쓸개 빠진 놈들!

암모스 표도로비치　　에라, 이 빌어먹을 악당 녀석들!

루카 루키치　　멍청이들!

아르체미 필리포비치　　이 사기꾼들!

모두 보브친스키와 도브친스키를 둘러싼다.

보브친스키　　신을 두고 맹세하건대, 이 일의 주범은 내가 아닙니다,

주범은 바로 표트르 이바노비치입니다.

도브친스키   아, 아니야. 표트르 이바노비치! 자네가 먼저 시작한

거야.

보브친스키   아니야, 먼저 시작한 건 자네였어.

～ 마지막 장 ～

앞 장의 등장인물들과 헌병 등장.

헌병   상트페테르부르크에서 황제 폐하의 특명을 받고 도착한 관리께서 지금 당장 여러분들을 모셔 오라고 하십니다. 그분은 지금 여관에 묵고 계십니다.

헌병의 말은 천둥소리처럼 모든 사람들을 놀라게 한다. 부인들의 입에서 일제히 경악의 비명 소리가 터져 나온다. 모든 사람들이 갑자기 자세를 바꾸고 화석처럼 굳어 버린다.

∽ 무언의 장면 ∽

무대 중앙에는 시장이 양팔을 벌리고 머리를 뒤로 젖힌 채 기둥처럼 서 있다. 시장의 오른쪽에는 그의 아내와 딸이 온몸으로 시장을 향해 달려가는 자세를 취하고 있다. 시장의 아내와 딸 뒤에는 우체국장이 관객을 향해 의문스럽다는 표정을 짓고 있다. 우체국장 뒤에는 멍한 표정의 루카 루키치가 자신은 아무런 죄가 없다는 듯한 표정을 짓고 있다. 루카 루키치 뒤쪽, 무대의 가장 끝 부분에는 세 명의 부인과 손님들이 시장 가족들을 노골적으로 비웃는 듯한 표정을 지으면서 서로에게 기대어 서 있다. 시장의 왼쪽에는 마치 뭔가를 엿듣고 있는 듯 머리를 약간 비스듬하게 기울인 병원장이 서 있다. 병원장 뒤에는 양손을 벌린 판사가 거의 땅에 닿을 듯 쪼그리고 앉아서 입술을 움직이고 있는데 그 모습이 마치 "성(聖) 유리의 날†에 할머니가 웬일이야"라고 말하려는 것 같기도 하고, 휘파람을 불려는 것 같기도 하다. 판사 뒤쪽에는 카로브킨이 가늘게 실눈을 뜨고 시장에 대한 신랄한 야유를 담은 표정을 지은 채 관객들을 향해 서 있다. 카로브킨 뒤쪽으로, 무대의 가장 끝 부분에는 보브친스키와 도브친스키가 서로를 향해 손을 뻗친 상태로 입을 딱 벌린 채 눈을 부릅뜨고 있다. 나머지 손님들은 기둥처럼 서서 움직이지 않는다. 거의 1분 30초가량 꼼짝하지 않은 채 각자의 자세를 유지한다. 막이 내린다.

---

† 성(聖) 유리의 날 : 성인 게오르기 유리를 기념하는 축일로, 구력 11월 26일이다.

외투

어느 관청에서 일어난 일이다. 하지만 관청의 이름은 밝히지 않겠다. 관청이나 군대는 물론이고 조그만 사무실에서도 관리들은 하나같이 권위적인데다가, 요즘에는 지극히 개인적인 일조차 사회적인 문제인 양 핏대를 세우곤 하니까 말이다.

도시 이름은 기억이 안 나지만, 바로 얼마 전에도 어떤 도시의 경찰서장이라는 작자가 '요즘 들어 국가의 기강이 문란해져 신성한 관직의 위상까지 크게 떨어지고 있다'는 내용의 탄원서를 내면서, 그에 대한 증거물로 다소 소설 같은 내용의 두꺼운 서류를 제출했다고 한다. 그런데 서류에는 거의 열 페이지마다 경찰서장이 등장하는데, 간혹 술에 취한 모습으로 묘사되어 있었다고 한다!

그러니 여러 가지 불미스런 사태를 피하기 위해서라도 여기서 이야기하려는 관청은 그냥 '어떤 관청'이라고 해 두는 편이 좋겠다.

아무튼, 어떤 관청에 한 관리가 근무하고 있었다. 관리라고는 하지만 두드러질 만한 특징이 있는 사람은 아니었다. 키가 작고 얼굴은 살짝 곰보이며, 머리칼은 붉고 눈은 흐리멍덩한데다 이마가 약간 벗겨진 인물이었다. 양 볼에는 주름이 잡혀 있고 안색도 치질 환자처럼 누렇게 떠 있었다. 하지만 어쩌겠는가, 모두 상트페테르부르크의 기후 탓이니!

그의 관직은(우리 나라에서는 무엇보다 먼저 직위를 밝혀야 한다), 9등급 관리였다. 알다시피 9등급 관리란, 반항할 힘조차 없는 자들을 업신여기는 데에는 일가견이 있는 우리네 작가들에게 상당히 무시와 조롱을 받아 온 관직이다.

이 관리의 성은 바슈마츠킨이다. 그의 성이 '바슈마크'[+]라는 말에서 유래된 것은 확실하지만, 그게 언제 어느 시대에 어떻게 해서 바슈마츠킨이 되었는지에 대해서는 알려지지 않았다. 그의 아버지, 할아버지, 심지어 처남까지 바슈마츠킨 집안 사람들은 모두 장화를 신고 다녔고, 구두 밑창도 고작해야 일 년에 두세 번밖에는 갈지 못했는데 말이다.

그의 이름은 아카키 아카키예비치[++]다. 이름이 몹시 어색하고 이상하게 들리겠지만 일부러 그렇게 지었던 것은 아니다. 사정상

[+] 바슈마크 : 단화(短靴).
[++] 러시아인의 이름은 '이름-아버지의 이름-성'의 순서로 이루어진다. 따라서 주인공의 풀 네임(full name)은 '아카키 아카키예비치 바슈마츠킨'이 된다. 즉, 바슈마츠킨 가의 아카키의 아들 아카키인 것이다. '아카키'는 그 어원이 '아기들의 똥'의 의미를 지니는 '카카(kaka)'에서 왔다고 한다. 이러한 이름 짓기는 주인공 아카키의 유아성과 작품의 희극성을 높이기 위한 작가의 의도적인 장치라 할 수 있겠다.

다른 이름을 붙일 도리가 없었을 뿐이다. 사정은 바로 이러했다.

내 기억이 틀리지 않는다면, 아카키 아카키예비치는 3월 23일 저녁 무렵에 태어났다. 지금은 고인이 된 그의 어머니는 관리의 아내로 부족함이 없었던 사람으로, 아기가 태어나자 관습에 따라 세례식을 치렀다. 그녀는 문 맞은편의 침대에 누워 있었고, 그 오른쪽 옆에 아카키의 대부가 서 있었다. 대부인 이반 이바노비치 예로슈킨은 원로원에서 중책을 맡고 있는 매우 덕망 높은 사람이었다. 왼쪽에는 대모인 아리나 세묘노브나 벨로브류슈코바가 서 있었는데, 그녀는 그 지역 경찰서장의 아내로 보기 드물게 성품이 어질었다.

대부와 대모는 산모에게 모키야, 소시야 또는 순교자 호즈다자트 중에서 아기 이름으로 고르라고 했다. 산모가 모두 마음에 안 든다고 하자 그들은 축일 달력의 다른 곳을 펴 보였다. 트리필리, 둘라, 바라하시라는 세 가지 이름이 나왔다. 그러자 산모가 말했다.

"맙소사, 무슨 이름들이 죄다 그 모양이에요? 바라다트나 바루흐라면 몰라도, 트리필리나 바라하시처럼 한 번도 들어보지 못한 이름을 어떻게……."

그래서 다시 달력을 한 장 넘겨 보았더니 이번에는 파브시카히와 바흐치시라는 이름이 나왔다. 그러자 산모가 체념하듯 말했다.

"우리 아이는 좋은 이름을 얻긴 틀린 팔자인가 봐요. 그런 이름보다는 차라리 아이 아버지 이름을 그대로 붙여 주는 게 낫겠어요. 아이 아버지 이름이 아카키니까 아이 이름도 아카키로 하겠어요."

이렇게 해서 아카키 아카키예비치라는 이름이 붙여진 것이다. 아기는 세례를 받는 동안 얼굴을 잔뜩 찌푸린 채 계속 울어 댔다. 마치 나중에 9등급 관리가 될 것을 예감이라도 한 듯이 말이다. 모든 것이 그렇게 이루어졌다. 이런 얘기를 구구절절 늘어놓는 이유는, 사연이 이러하여 도저히 다른 이름을 붙일 수 없었다는 사실을 이해해 주길 바라기 때문이다.

언제 어느 때 아카키 아카키예비치가 그 관청에 들어왔고, 누가 그를 임명했는지는 아무도 기억하지 못한다. 관청의 국장과 윗사람들이 수없이 바뀌어도 그는 늘 똑같은 자리와 직위를 유지하면서 서기 일을 계속하였다. 그래서 나중에는 다들 그가 전형적인 서기 복장에 다소 이마가 벗겨진 상태로 태어났을 거라고 쑥덕거릴 정도였다.

그 관청에서 그를 존경하는 사람은 아무도 없었다. 수위들조차 그가 지나가면, 일어나서 인사를 하기는커녕 파리 한 마리가 지나가듯 거들떠보지도 않았다. 그의 상사들도 차갑고 강압적인 태도로 그를 대했다. 어떤 상사는 '다시 써 주게'라거나 '이거 꽤 재미있고 좋은 일이야'라는 인사치레 한마디 없이 아카키 아카키예비치의 코밑으로 서류만 쓱 들이밀곤 했다. 하지만 아카키도 서류를 흘끔 쳐다볼 뿐 그것을 누가 가져왔는지, 시킬 권한이 있는지 따위는 신경 쓰지 않았다. 그저 받아 놓고 열심히 쓰기만 할 뿐이었다.

젊은 관리들은 그가 듣는 데서도 온갖 우스갯소리를 떠들어 대면서 그를 비웃고 조롱하였다. 칠십이나 된 하숙집 여주인에게 매를 맞았다고 놀리거나, 그 노파와 언제 결혼할 생각이냐면서 짓궂게 묻거나, 눈이 내린다며 잘게 오린 종잇조각을 그의 머리에 뿌려 대곤 했다.

그러나 아카키 아카키예비치는 마치 자기 앞에 아무도 없다는 듯 한마디도 대꾸하지 않았다. 이런 일들은 그의 업무에 어떤 영향도 미치지 못했다. 아무리 성가신 상황이 벌어지더라도 그는 실수한 번 없이 글 베껴 쓰는 일을 계속하였다. 다만 농담이 너무 지나치다든지 누군가 옆구리를 찌르며 일을 방해할 때는 중얼거리듯이렇게 내뱉을 뿐이었다.

"날 좀 가만히 놔 두시오. 왜 당신들은 나를 화나게 하는 거죠?"

이때 그의 말과 목소리는 애절하게 호소하듯 묘한 느낌을 주었다.

얼마 전에는 젊은 관리가 새로 부임해 왔는데, 그도 다른 사람들과 마찬가지로 아카키를 놀려 댔다. 그런데 언젠가부터 갑자기 뭔가에 찔린 사람처럼 더 이상 아카키를 놀리지 않았다. 그 다음부터젊은 관리의 눈에는 모든 것이 새롭게 보이기 시작했다. 뭔가 초자연적인 힘이, 이제껏 훌륭한 상류 사회 사람들이라고 여겨 왔던 동료들에게서 그를 떼어 놓았다. 그 후에도 오랫동안, 특히 아주 유쾌한 순간이 되면, 젊은 관리는 키 작은 대머리 관리가 "날 좀 가만히 놔 두시오. 왜 당신들은 나를 화나게 하는 거죠?"라고 날카롭게 내뱉는 모습을 떠올렸다. 그 말에는 '나도 당신의 형제야!'라는 또 다른 뜻이 담겨 있는 듯했다.

젊은 관리는 인간의 내면에는 수없이 많은 비인간적인 요소들이 도사리고 있으며, 세련되고 교양이 넘치는 상류층 인사나 고상하고 정직하다고 믿어 의심치 않는 사람들조차 잔인하고 비열한 면을 숨기고 있음을 알게 되면서, 얼굴을 두 손에 묻고 온몸을 부들부들 떤 적도 여러 번이었다.

사실 아카키 아카키예비치처럼 자신의 직무에 충실한 사람은 찾아보기 힘들 것이다. 그저 '열심히 일했다'는 말만으로는 설명이 부족하다. 그는 자신의 일에 누구보다 강한 애정을 가지고 있었다. 글을 베껴 쓰는 보잘것없는 일 속에서 자신만의 다양하고 유쾌한 세계를 보았던 것이다. 일할 때 그의 얼굴에는 행복이 넘쳤다. 특히 글자를 쓰다가 자신이 좋아하는 알파벳이 나오면, 좋아서 빙긋 웃거나 윙크를 하고 입술을 오물거렸다. 그의 얼굴을 보고 있으면 그가 지금 어떤 알파벳을 쓰고 있는지 알 수 있을 정도였다.

만약 일에 대한 열정만큼 보상이 주어졌다면, 그 자신은 깜짝 놀라겠지만, 분명 5등급의 관직쯤은 너끈히 얻을 수 있었을 것이다. 그러나 독설을 내뱉는 그의 동료들이 말하듯이, 그가 죽도록 일해서 얻은 것은 고통스런 치질뿐이었다. 물론 그에게 아무도 관심을 기울인 적이 없었던 것은 아니다. 성품이 어진 이전의 한 국장이 아카키 아카키예비치의 오랜 근무에 대한 보상으로, 남의 글이나 베껴 쓰는 평범한 일보다는 뭔가 좀 더 중요한 일을 맡기라는 명령

을 내린 적이 있었다. 좀 더 중요한 일이란 이미 작성된 문서를 토대로 다른 관청에 보낼 문서를 작성하는 것이었다. 그저 표제만 바꾸거나 1인칭에서 3인칭으로 동사 몇 개만 바꾸면 되는 일이었다. 그러나 그는 이 일을 하느라 온몸이 땀에 젖었으며 이마에 솟은 땀을 연신 닦아 내다가 결국에는 이렇게 말했다.

"제게는 베껴 쓰는 일을 시키시는 것이 더 좋겠습니다."

그때부터 그는 계속해서 글을 베껴 쓰는 일만 했다. 그는 이 세상에 이 일 외에 다른 것은 아무것도 없다고 여기는 듯했다.

그는 자신이 입고 다니는 옷에도 전혀 관심을 기울이지 않았다. 그가 입은 관복의 색깔은 다른 사람들과 같은 녹색이 아니라 적갈색의 가루를 뿌려 놓은 것 같았다. 옷깃도 좁고 낮았다. 그런 까닭에 그의 목은 원래 그다지 긴 편은 아니었는데도, 마치 러시아에와 있는 외국인들이 머리에 수십 개씩 이고 다니며 파는 '머리를 흔드는 석고 고양이'의 목처럼 유난히 길어 보였다. 그리고 그의 옷에는 늘상 마른 풀잎이나 실오라기 같은 것이 붙어 있었다. 더욱이 사람들이 창문 밖으로 쓰레기를 버리는 바로 그 시간에 딱 맞춰 거리를 지나가는 탓에 그의 모자 위에는 수박이나 멜론 껍질 따위가 얹혀 있기 일쑤였다.

그의 동료 가운데에는, 길 건너편에서 걸어가는 사람의 바지 솔기가 터진 것까지 알아보고 능청스러운 웃음을 흘릴 정도로 거리에서 벌어지는 일들에 항상 예의주시하는 젊은 친구가 있었다. 그러나 아카키 아카키예비치는 이제껏 살아오면서 거리에서 무슨 일이 벌어지는지 신경 써 본 적이 단 한 번도 없었다. 무엇을 보든 간에 그의 눈에는 정확한 필체로 쓴 자신의 글자 몇 줄만 보일 뿐이었다. 다만 어디서 나타난지도 모르는 말이 그에게 다가와 볼에 콧김을 불어넣을 때면 그제야 비로소 자신이 글을 베껴 쓰고 있는 것이 아니라 길을 걷고 있다는 사실을 깨달을 정도였다.

집에 돌아오면 그는 곧바로 식탁에 앉아 무슨 맛인지 음미할 겨를도 없이 양배추 수프와 양파를 곁들인 쇠고기 한 조각을 후닥닥 먹어 치웠다. 음식에 파리가 빠졌다든지 아니면 뭔가 이상한 것이 들어 있다든지 하는 것에는 전혀 신경 쓰지 않았다. 그리고 어느 정도 배가 부르다 싶으면 식탁에서 일어나 잉크병을 꺼내 들고, 집으로 가져온 서류들을 베껴 썼다. 그러나 그런 일조차 없을 때는 필사본을 만들면서 만족감을 느꼈다. 그것은 서류의 문체가 아름다워서가 아니라 새로운 인물이나 고위 관리에게 가는 서류라는 점에서 특별한 매력을 느꼈기 때문이다.

상트페테르부르크의 회색빛 하늘이 완전히 어둠에 잠길 즈음, 펜대 놀리는 소리와 분주함, 자신과 타인들의 불가피한 일들, 필요 이상으로 자진해서 떠맡았던 갖가지 업무 등이 모두 끝나고 각자 휴식에 들어간다. 모든 관리들은 각자의 월급과 취향에 따라 배불리 식사를 마친 후 남은 시간을 즐기기 위해 극장에 가거나, 지나가는 여인네의 모자라도 구경하기 위해 거리로 나가거나, 말단 관리들은 선망의 대상인 아리따운 아가씨들에게 달콤한 말을 속삭일 수 있는 연회장으로 달려간다.

그러나 이도 저도 아닌 사람들은 그저 시간을 때우기 위해 대개 3층이나 4층에 살고 있는 동료의 아파트를 찾아간다. 작은 방 두 칸과 부엌이나 응접실이 딸린 아파트에는 점심을 거르거나 놀러 다니는 것을 포기하고 사들인 각종 유행성 세간들이 장식되어 있다. 동료들의 비좁은 아파트에서 카드 놀이를 즐기고, 과자를 먹으며 차를 마시고, 긴 파이프 담배를 피우고, 카드를 돌리는 막간을 이용하여 러시아 인이라면 누구나 관심 있어하는 상류 사회의 추문에 대해 떠들어 대고, 얘깃거리가 없을 때는 팔코네⁺가 만든 피터 대제 동상의 말 꼬리가 잘렸다는 사건을 보고받은 한 사령관에 대한 오래된 일화를 되풀이하면서 기분 전환을 하려고 애쓴다.

하지만 바로 그 순간에도 아카키 아카키예비치는 즐거움과는 거리가 먼 시간을 보냈다. 그를 연회장에서 보았다는 사람은 아무도 없었다. 그는 그저 원하는 만큼 쓰고 나서 '내일도 하느님께서 뭔가 베껴 쓸 것을 주시겠지?'라며 다음 날 일을 상상하면서 미소 띤 얼굴로 잠자리에 든다. 연봉 400루블을 받는 자신의 운명에 만족하며 살아가는 한 인간의 평화로운 삶은 이렇게 흘러가고 있었다.

✣ 팔코네 : 프랑스 출신의 고전주의 조각가. 제정 러시아의 수도였던 상트페테르부르크의 네바 강변에 이 도시의 건립자 피터 대제(1세)를 기념하는 '청동 기마상'을 만들었다. 이 '청동 기마상'은 앞발을 치켜들고 뒷발에 의지한 채 서 있으며, 바닥에 있는 뱀 장식과 말 꼬리가 연결되어 균형을 잡고 있다.

그러나 9등급 관리뿐만 아니라 3등급, 4등급, 7등급 관리를 포함하여 어떤 관직에 있든, 혹은 관직이 없더라도 누구에게나 닥치는 그런 불행만 없었다면 아카키 아카키예비치는 순조롭게 노년을 맞이할 수 있었을 것이다.

상트페테르부르크에서 연봉 400루블 정도를 받고 살아가는 사람들을 위협하는 강력한 적은, 살을 에는 듯한 북방의 추위다. 북방의 추위가 건강에 좋다는 말도 있지만, 어쨌거나 추위는 아주 무서운 적이었다. 아침 8시를 넘어서 관청으로 출근하는 사람들로 거리가 가득 메워지면, 가난한 관리들은 사정없이 코끝을 찔러 오는 차디찬 한기로부터 자신의 코를 어디다 감추어야 할지 몰라 쩔쩔매기 바쁘다. 높은 직책의 관리들조차 이마가 아려 오고 눈물이 찔끔 나올 지경이니 가난한 하급 관리들은 속수무책일 수밖에 없었다. 유일한 구제책은 얇은 외투자락에 몸을 숨기고 빠른 걸음으로 대여섯 개의 거리를 지나 곧장 수위실로 뛰어들어가서 얼어붙은 몸이 녹도록 제자리걸음을 하는 것뿐이었다.

아카키 아카키예비치는 정해진 거리를 가능한 한 빨리 달음질쳐 가려고 했지만 얼마 전부터 등과 어깨가 유난히 시려 오는 느낌을 받았다. 그는 자신의 외투에 뭔가 문제가 생겼을지도 모른다는 예감에 휩싸였다. 집에 돌아와 외투를 찬찬히 살펴보니 등과 어깨 부분에 두세 군데 구멍이 뚫려 거친 무명천이 드러나 보였다. 겉감은 닳고 닳아서 속이 훤히 비칠 정도였고, 안감도 여기저기 찢어져 누

더기가 되어 있었다.

아카키 아카키예비치의 외투 역시 동료들의 놀림감이었다. 동료들 사이에서 그것은 이미 외투라는 점잖은 이름을 상실한 채 실내복이라 불리곤 했다. 사실 모양이 좀 이상하기는 했다. 떨어진 부분을 깁기 위해 외투의 깃 부분에서 조금씩 천을 떼어 쓰는 바람에 외투 깃이 해마다 줄어들었던 것이다. 게다가 재봉사의 솜씨가 그다지 좋지 않았던지 기운 부분도 엉성하고 보기 흉했다.

외투의 상태를 파악한 아카키 아카키예비치는 외투를 페트로비치에게 가져가기로 마음먹었다. 페트로비치는 침침한 계단을 따라 올라가는 건물의 4층 한구석에 살고 있는 재봉사다. 비록 애꾸눈에 곰보 자국이 가득한 흉한 몰골이지만, 관리 제복이며 바지며 예복을 고치는 솜씨가 꽤 괜찮은 편이었다. 물론 그것은 그가 술을 마시지 않고 머릿속에 딴 궁리를 하고 있지 않을 때의 얘기다. 사실 페트로비치에 대해서 그다지 많은 얘기를 할 필요는 없을 것 같다. 다만 소설에서는 모든 등장인물들의 성격을 분명히 해 두는 것이 통례니 여기서 잠시 페트로비치에 대해 살펴보겠다.

그는 어느 지주 집 농노 출신으로 처음에는 그냥 '그리고리'라고 불렸는데, 농노 해방으로 자유의 몸이 되자 그때부터 '페트로비치'라 불렸다. 이때부터 그는 축일(祝日)만 되면 술을 퍼마시게 되었다. 처음에는 큰 축일에만 마시더니 차츰 이것저것 가리지 않고 나중에는 달력에 십자가 표시가 된 교회 축일에도 마셔 댔다. 이런 점에서 그는 구식 농촌 관습에 익숙한 사람이라 할 수 있다. 아내와 말다툼을 할 때도 아내를 속물이니 독일 여편네니 하고 불렀던 것이다.

그의 아내에 대한 얘기가 나왔으니 그 얘기도 몇 마디쯤 해야겠지만 유감스럽게도 그녀에 관해서는 별로 알려진 것이 없다. 다만 확실한 것은 페트로비치에게 아내가 있다는 사실과 그녀가 숄을 두르는 대신 항상 두건을 쓰고 다니는 것으로 보아 별로 내세울 만한 외모는 아니었던 것 같다는 점이다. 기껏해야 근위대 병사들만이 두건 아래에 있는 그녀의 얼굴을 들여다보고는 수염을 움직이며 괴상한 소리들을 질러 댔다고 한다.

대부분의 상트페테르부르크 건물들의 뒤쪽 계단이 그러하듯, 더러운 물로 질펙거리고 독한 알코올 냄새가 코를 찔러 대는 계단을 따라 페트로비치의 집으로 올라가면서 아카키 아카키예비치는 페트로비치가 수선비를 얼마나 부를지 걱정이 앞섰다. 그리고 2루블 이상은 주지 않겠다고 마음속으로 다짐했다. 마침 문이 열려 있었는데, 부엌에서 페트로비치의 아내가 생선을 굽고 있는지 연기가 자욱하여 바퀴벌레 한 마리도 보이지 않을 정도였다. 아카키 아카키예비치는 그녀가 눈치 채지 못하게 부엌을 지나 페트로비치가 있는 방으로 들어갔다.

페트로비치는 칠을 하지 않은 널찍한 나무탁자 위에 터키 총독처럼 다리를 꼬고[+], 작업 중인 재봉사들이 그렇듯이 맨발로 앉아 있었다. 제일 먼저 아카키 아카키예비치의 시야에 들어온 것은 이미 눈에 익은 발가락과 거북 등껍질처럼 두껍고 딱딱한 발톱이었다. 페트로비치의 목에는 실타래가 걸려 있고 무릎에는 헌옷이 놓여 있었다. 그는 바늘을 붙잡고 3분이 넘게 애쓰는데도 바늘귀에 실이 안 들어가자, 방이 어둡다느니 실이 안 좋다느니 투덜대며 화를 내고 있었다.

"이런 젠장맞을, 왜 안 들어가는 거야. 정말 애먹이는군. 고얀 놈 같으니……."

하필이면 페트로비치가 화를 내고 있을 때 찾아왔다는 생각에 아카키 아카키예비치는 마음이 편치 않았다. 차라리 페트로비치가 허세를 부릴 때나, 그의 아내가 "술에 푹 절었군, 이 애꾸눈 악마야!"라고 소리치며 바가지를 긁을 때 찾아오는 편이 훨씬 나았다. 그럴 때면 페트로비치가 순순히 자신의 고집을 꺾고 손님이 부르는 가격대로 일을 해 주었으며 고맙다는 인사까지 덧붙였던 것이다. 물론 그 후 페트로비치의 아내가 찾아와 남편이 술에 취해 헐값에 일을 맡았다고 울면서 하소연해도, 그저 10코페이카 정도만 더 얹어 주면 그만이었다.

그런데 지금은 취하지도 않은 것 같았다. 원래 페트로비치는 깐깐한데다 고집불통이라 수선비를 얼마나 부를지 짐작할 수 없었

✛ **터키 총독처럼 다리를 꼬고** : 가부좌를 틀고 앉아 있는 모습.

다. 아카키 아카키예비치는 오늘은 그만 돌아가는 게 좋겠다고 판단했으나 돌이키기에는 이미 늦어 버렸다. 페트로비치가 애꾸눈을 가늘게 뜨고 아카키 아카키예비치의 얼굴을 뚫어지게 바라보았던 것이다.

아카키 아카키예비치는 마지못해 말문을 열었다.

"잘 지냈나, 페트로비치!"

"나리도 안녕하신가요?"

페트로비치는 인사를 한 뒤 이번엔 어떤 돈벌이 감을 가져왔나 살피려고 아카키 아카키예비치의 손을 곁눈질했다.

"페트로비치, 여기 자네에게 맡길 것이 있는데, 그게……."

아카키 아카키예비치는 말을 할 때 전치사나 부사 혹은 아무 뜻도 없는 조사를 너무 많이 쓰는 습관이 있었다. 또한 난처한 일을 당하면 말을 끝까지 마치지 못했다. 그래서 종종 '이건, 사실, 정말로, 그래서……' 등과 같은 식으로 얘기를 시작해서 정작 말할 내용에 대해서는 아무 말도 못하고는 그런 내용이 있었는지조차 잊어버린 채 할 말을 다 했다고 생각하기 일쑤였다.

"무슨 일이죠?"

페트로비치가 하나밖에 없는 눈을 치켜뜨고는 아카키가 입고 있는 옷의 옷깃에서부터 소매, 등, 팔 안쪽, 단춧구멍 할 것 없이 구석구석을 훑어보면서 물었다. 그도 그럴 것이 이 옷은 그가 직접 지은 것이었으며, 재봉사라면 누구나 그러하듯 그도 사람을 만나면 먼저 옷부터 쳐다보는 습관이 있었다.

"저, 그게 말이지, 페트로비치…… 외투가 말이야…… 보다시피 다른 데는 멀쩡한데…… 먼지가 좀 앉기는 했어도 말이야. 하긴 약간 낡기는 했지만, 그래도 새것 같지 않은가. 그런데 여기 한 군데가 좀……. 그러니까 등 쪽에, 그리고 이쪽 어깨에 구멍이 났네. 그리고 이쪽 어깨도 약간…… 보다시피 이게 전부네. 그리 손댈 데가 많은 것도 아니지……."

페트로비치는 실내복 같은 아카키 아카키예비치의 외투를 집어 들어 탁자 위에 펴놓고 한참 동안 살펴보았다. 그러다가 고개를 설레설레 젓더니 창문 쪽으로 손을 뻗어 어떤 장군의 초상화가 그려진 둥근 담배통을 집어 들었다. 담배통에 그려진 초상화는, 얼굴 부분에 손가락으로 구멍을 뚫어 그 위에 네모난 종잇조각을 덧붙여 놓았기 때문에 누구의 얼굴인지 알 수가 없었다. 페트로비치는 코담배 냄새를 한 번 맡고 난 다음, 양손으로 외투를 펼쳐 들고 불빛에 비춰 보더니 다시 한번 고개를 저었다. 그러고는 다시 뒤집어 안감 쪽을 보더니 또 고개를 저었다. 그 후 담배통 뚜껑을 열고 코로 가져다 냄새를 맡고는 뚜껑을 닫아 옆으로 치운 뒤 마침내 입을 열었다.

"고칠 수 없겠습니다. 정말 최악이군요!"

이 말을 들은 아카키 아카키예비치는 가슴이 철렁 내려앉았다.

"왜 고칠 수 없다는 건가?"

아카키 아카키예비치의 목소리는 거의 떼를 쓰는 어린아이 같았다.

"어깨가 조금 해진 것뿐이야. 천 조각을 대면 될 것 같은데……."

그러자 페트로비치가 대답했다.

"천 조각이야 찾을 수 있지요. 하지만 천 조각을 찾는다 해도 기울 수는 없습니다. 너무 해져서 바늘을 갖다 대면 아마 찢어지고 말 겁니다."

"찢어지면 어떤가, 자네가 천을 덧대 다시 기우면 되지."

"덧댈 수가 없습니다. 덧댈 천을 지탱해 줄 것이라도 있어야 덧대기라도 해 보죠. 이건 말이 외투지 바람만 좀 세게 불어도 찢어지고 말 겁니다."

"그래도 좀 고쳐 보게, 안 된다고만 하지 말고. 정말, 이거 원 참……."

그러나 페트로비치는 단호했다.

"안 됩니다. 어떻게 할 수가 없어요. 완전히 엉망입니다. 이제 곧 추운 겨울도 다가오니 차라리 이 외투로 각반⁺이나 만드는 편이 낫겠어요. 양말만으로는 보온이 안 될 테니까요. 사실 각반이라는 것도 독일 사람들이 한푼이라도 더 벌어 보려고 생각해 낸 거죠(페트로비치는 기회만 있으면 독일 사람들에 대해 빈정대기를 좋아했다). 어쨌

⁺ **각반**: 정강이를 보호하기 위해 감는 헝겊으로 만든 띠.

거나 새 외투를 맞추셔야겠습니다."

'새 외투'라는 말에 충격을 받은 아카키 아카키예비치는 그만 눈앞이 캄캄해졌다. 방 안에 있는 물건들이 마구 뒤죽박죽되어 보였다. 오직 제대로 보이는 것은 얼굴에 종이를 갖다 붙인 담배통 뚜껑 위의 초상화뿐이었다.

그가 여전히 꿈속을 헤매는 듯한 목소리로 말했다.

"새 외투라니? 내겐 그럴 만한 돈이 없단 말일세."

그러나 페트로비치는 잔인할 정도로 매정하게 말했다.

"아무튼 새 걸로 하나 맞추셔야겠습니다."

"그게 저, 만약 새 외투를 맞춰야 한다면 그것이, 저……."

"그러니까 얼마냐 그 말씀이죠?"

"그래."

"50루블짜리 석 장에다 조금 더 내시면 되겠습니다."

페트로비치가 말 한마디 한마디에 힘을 꽉 주며 대답했다. 그는 자신이 한 말이 강력한 효과를 거둔다거나 그로 인해 갑자기 상대방이 곤란한 상황에 처하는 것을 즐겼으며, 이런 말을 들은 상대방의 표정이 어떻게 달라지는지 곁눈질로 훔쳐보는 것을 좋아했다.

"외투 한 벌에 150루블이라니!"

가엾은 아카키 아카키예비치가 소리를 질렀다. 항상 조용한 목소리로 말하는 그가 소리를 질러 본 것은 아마 이번이 처음일 것이다.

"150루블이면 비싼 것도 아니지요. 옷깃에 담비 가죽을 달고 모자에 비단 안감을 붙이면 200루블까지 갈 수도 있지요."

"페트로비치, 부탁일세."

아카키 아카키예비치는 페트로비치의 말을 들으려 하지도 않고, 어떻게든 고쳐서 조금이라도 더 입을 수 있게 해 달라고 애원했다.

"그건 안 됩니다. 그랬다간 괜히 헛수고만 하고 돈만 낭비할 뿐이에요."

이 말을 들은 아카키 아카키예비치는 완전히 풀이 죽어 밖으로 나왔다.

페트로비치는 일손을 멈추고 입술을 꽉 깨문 채 출구에서 한참 동안 서 있었다. 그는 자신의 자존심을 죽이지 않으면서 재봉사로서의 체면도 세웠다는 사실에 무척 만족감을 느꼈던 것이다.

거리로 나온 아카키 아카키예비치는 여전히 꿈속에 있는 듯 정신이 없었다.

"결국 일이 이렇게 되고 말았어. 정말 이렇게 되리라곤 생각도 못 했는데……."

그리고 한참 동안 입을 다물고 있다가 이렇게 덧붙였다.

"어떻게 이럴 수가 있단 말인가! 이렇게 되리라곤 전혀 예상치 못했는데."

그리고는 또 한참을 가만히 있다가 다시 입을 열었다.

"결국 이렇게 되고 말았어! 이런 일이 생기다니, 이게…… 이건…… 전혀……. 결국 이렇게 되고 만 거야!"

이런 말을 중얼거리면서 그는 집으로 가지 않고 완전히 정반대 방향으로 아무 생각 없이 걸어갔다. 도중에 굴뚝 청소부가 더러운 옆구리로 밀치는 바람에 한쪽 어깨가 온통 시꺼멓게 되고 공사 중인 건물에서 석회 가루가 쏟아져 내려 그의 모자를 뒤덮었지만, 그는 아무것도 알아차리지 못한 채 걸어갔다. 그가 정신을 차린 것은 경비봉을 옆에 세워 놓고 뿔로 만든 담배통에서 코담배를 덜어 내고 있던 어떤 초소병과 부딪치고 나서였다. 초소병이 "어쩌자고 남의 코앞에 낯짝을 바짝 들이대는 거요? 길이 안 보이쇼!"라고 소리를 질렀기 때문이다. 그는 주위를 한번 둘러본 후 집이 있는 쪽으로 방향을 돌리고 나서야 겨우 마음을 가다듬고 지금 자신이 처한 상황을 차분히 바라볼 수 있었다. 그는 마치 비밀스럽고 은밀한 얘기를 털어놓을 수 있는 사려 깊은 친구와 대화하듯, 진지하고 솔직하게 자기 자신과 이야기를 나누기 시작했다.

'지금은 페트로비치와 흥정해 봐도 소용없어. 그는 지금 그러니까…… 분명 마누라한테 얻어 터졌던 게야. 그러니 일요일 아침에 다시 찾아가는 게 낫겠어. 그 전날이 토요일이니 일요일에는 잠이 덜 깨 눈도 제대로 뜨지 못하겠지. 게다가 해장술은 한잔 해야겠는데 마누라가 돈을 줄 턱이 없으니까 그때 내가 10코페이카를 손에 쥐어 주면 금방 고분고분해질 거야. 외투는 그렇게 해서…….'

혼자서 그렇게 머리를 굴리던 아카키 아카키예비치는 스스로 용기를 북돋우며 다음 일요일까지 기다리기로 했다.

일요일이 되자 아카키 아카키예비치는 페트로비치의 집에서 멀리 떨어진 곳에 서서 페트로비치의 아내가 외출하는 것을 확인한 다음 곧바로 페트로비치에게 갔다. 예상대로 페트로비치는 토요일 밤을 술로 보낸 탓에, 눈은 게슴츠레하고 머리는 바닥에 처박은 채 완전히 비몽사몽이었다. 그 와중에도 아카키 아카키예비치가 찾아온 용건이 무엇인지 알고는 마치 귀신에 쓰인 사람처럼 이렇게 말했다.

"안 됩니다, 나리. 새 외투를 맞추세요."

이때 아카키 아카키예비치가 10코페이카를 그의 손에 쥐어 주었다.

"고맙습니다, 나리. 나리의 건강을 위해서 한잔 마시겠습니다. 이제 외투 걱정일랑 하지 마십시오. 제가 아주 근사하게 새 외투를 만들어 드립죠. 그럼 이쯤에서 얘기를 마무리할까요?"

아카키 아카키예비치가 외투의 수선에 대해서 말을 꺼내려 했으나 페트로비치는 들으려고 하지도 않고 이렇게 말했다.

"틀림없이 나리께 새 외투를 만들어 드리지요. 한번 믿어 보세요. 정성을 다하겠습니다. 요즘 유행에 맞게 은 도금한 단추로 옷깃을 채우게 해 드릴 수도 있습니다."

아카키 아카키예비치는 새 외투를 맞출 수밖에 없다는 사실을 깨닫고 그만 풀이 죽어 버렸다. 무슨 돈으로 새 외투를 맞춘단 말인가? 물론 명절 보너스가 얼마쯤은 나오겠지만 그 돈은 이미 쓸 곳을 따로 정해 놓은 터였다. 새 바지도 사야 하고 헌 장화에 새 가

죽을 덧대느라 구두 수선공에게 진 빚도 갚아야 했다. 또 셔츠 세
벌에, 말하기엔 좀 뭣하지만, 여자 재봉사에게 속옷 두 벌도 주문
해야 했다. 한마디로 말해 여기저기 돈 나갈 곳이 천지였다. 설령
인심 좋은 국장이 보너스로 40루블이 아니라 45루블이나 50루블
을 준다 해도 이리저리 쓰고 나면 남는 돈도 별로 없어 외투를 맞
추기에는 턱없이 부족했다.

하긴 페트로비치가 변덕이 심한 사람이라 가끔 터무니없는 가격
을 부르기도 했다. 그럴 경우엔 그의 아내조차도 참지 못하고 "이
런, 당신 미쳤수? 어떤 때는 헐값으로 일을 맡더니 이번에는 또 무
슨 생각으로 그런 터무니없는 가격을 부르고 그래!" 하면서 소리를
질러 댔다. 사실 페트로비치가 80루블만 받고도 일할 사람이라는
것을 모르는 바는 아니지만 그 80루블을 대체 어디서 구한단 말인
가? 절반 정도라면 아니 그보다 조금 많다고 할지라도 그 정도는 마
련할 수 있을 것이다. 그러나 나머지 절반은 어디서 구한단 말인가?

이 대목에서 독자들은 먼저 그 절반쯤의 금액이 어디서 조달되
는지 알아둘 필요가 있다. 아카키 아카키예비치는 열쇠로 잠가 두
는, 구멍이 뚫린 작은 상자에다 1루블을 쓸 때마다 2코페이카씩 넣
어 두곤 했다. 그리고 반년에 한 번씩 상자에 모인 동전을 세어 보
고 은화로 바꾸어 넣어 두었다. 이미 오래전부터 해 온 일이니 몇
년이 흐르는 사이에 40루블은 넘게 모였을 것이다. 그래서 절반의
금액은 수중에 있다는 것이다.

하지만 나머지 절반인 40루블은 도대체 어디서 구한단 말인가? 궁리 끝에 아카키 아카키예비치는 적어도 1년간은 생활비를 줄여야겠다고 결심했다. 저녁은 굶고 저녁마다 마시던 차도 끊고 촛불도 켜지 않기로 했다. 만약 촛불을 켜야 할 일이 생기면 하숙집 아주머니 방에 있는 촛불을 이용하면 될 터였다. 길에서는 가급적 살살 걷고, 돌과 석판을 밟을 때는 발끝으로 조심조심 걸어 신발 밑창이 빨리 닳지 않도록 주의하고, 속옷이 빨리 해지지 않도록 세탁소에 맡기는 횟수도 줄이고, 집에 돌아와서는 낡기는 했지만 무척 아끼는 무명 가운 하나만 입고 지내기로 했다.

솔직히 말해 처음에는 그런 궁핍한 생활을 견디기가 쉽지 않았다. 그러나 차츰 익숙해지더니 어느덧 자연스레 몸에 배게 되었고, 나중에는 저녁을 굶는 것이 완전히 습관처럼 되어 버렸다. 대신 그는 앞으로 생길 새 외투에 대한 희망을 머릿속에 그려 보며 정신적인 만족감을 얻었다. 이때부터 그는 자신의 존재가 보다 완전해진 것 같았다. 마치 결혼이라도 해서 다른 사람과 함께 사는 것 같기도 하고, 마음에 드는 여자 친구에게서 일생을 같이 지내 주겠다는 승낙이라도 받은 기분이었다. 그 여자 친구는 바로, 두꺼운 솜과 해지지 않는 튼튼한 안감을 댄 외투였다.

그는 전보다 훨씬 생기 있어 보였고, 확고한 목표를 정한 사람처럼 성격도 굳건해졌다. 그의 얼굴과 행동에서 보였던 의심과 주저의 빛이 사라졌고, 행동에 앞서 언제나 머뭇거리기만 하던 망설임이 자취를 감추었다. 때로는 눈에서 불꽃이 일었고, 머릿속에서는 옷깃에다가 담비 가죽을 달아 보는 것은 어떨까 하는 아주 대담한 생각까지 떠올랐다. 이런 생각들이 그의 주의력을 흩뜨리기도 하였다. 한번은 서류를 베껴 쓰다가 하마터면 글자를 틀릴 뻔하여 '악' 소리를 지르고 성호를 그은 적도 있었다.

그는 또 한 달에 한 번씩 페트로비치에게 들러 겉감은 어디서 사는 것이 좋은지, 어떤 색으로 할 것인지, 값은 얼마나 하는지 등 외투에 관한 이야기를 나누었다. 불안감이 없진 않았지만 언젠가는 돈이 마련되어 마침내 외투를 입을 날이 오리라는 기대에 부풀어 매일 집으로 돌아갔다.

예상보다 일은 빨리 진행되었다. 보너스로 40루블이나 45루블을 받을 것이라는 비관적인 예상과는 달리 국장은 아카키 아카키예비치에게 보너스를 60루블이나 주었다. 우연인지 아니면 아카키 아카키예비치에게 외투가 필요하다는 사실을 알고 그랬는지는 모르나 생각지도 않은 20루블이 거저 생긴 것이었다. 그 덕분에 일의 진행이 더 빨라진 것이다.

아카키 아카키예비치는 두세 달을 더 굶주린 끝에 80루블 정도의 돈을 모을 수 있었다. 늘 평온하기만 하던 그의 심장이 고동치기 시작했다.

돈이 다 모인 날, 아카키 아카키예비치는 페트로비치와 함께 상점에 가서 아주 질 좋은 외투 겉감을 샀다. 이미 6개월 전부터 생각해 온 일인데다 한 달이 멀다 하고 상점을 들락거리며 가격을 흥정해 놓았기에 가능한 일이었다. 페트로비치도 이보다 더 좋은 겉감은 없을 거라고 말했다. 안감으로는 옥양목을 골랐다. 매우 질이 좋고 질긴 천이었는데, 페트로비치는 옥양목이 비단보다 나은데다 윤이 반지르르한 것이 보기에도 좋다고 말했다. 담비 가죽은 너무 비싸서 안 사기로 했다. 그 대신에 상점에 막 들어온 최상품의 고양이 가죽을 샀는데, 멀리서 보면 담비 가죽처럼 보였다.

페트로비치는 2주 만에 외투를 완성했다. 솜을 좀 적게 넣었더라면 더 빨리 끝냈을 것이다. 외투를 만들어 준 대가로 그가 받은 돈은 12루블이었다. 도저히 그보다 더 적은 금액을 줄 수는 없었다. 페트로비치는 아주 촘촘하게 이중으로 바느질을 했을 뿐만 아니라 솔기마다 일일이 자신의 이로 모양을 잡아 주기까지 했으니 말이다.

정확한 날짜를 말하기는 어렵지만, 마침내 페트로비치가 새 외투를 가지고 온 그날은 아카키 아카키예비치 생애에서 가장 장엄한 날이었다. 관청으로 출근하기 직전에 외투를 가져왔는데, 마침 강추위가 시작되어 앞으로 더 심해질 기세를 보이고 있었으니 외투가 도착한 시간이 이보다 더 적당할 수는 없었다.

페트로비치는 마치 일류 재봉사라도 된 듯이 외투를 들고 나타났다. 그의 얼굴에는 아카키 아카키예비치가 이제껏 한 번도 본 적이 없는 비장한 표정이 서려 있었다. 그는 자신이 뭔가 대견한 일을 해냈다고 여기는 듯했다. 그에게 있어 이번 일은 단순히 안감을 대고 수선이나 하는 바느질장이와 새 옷을 만드는 재봉사를 분명하게 구별시켜 주는 일이었기 때문이다. 그는 들고 온 보자기를 끌렀다. 방금 전에 세탁소에서 가져다 준 보자기였다. 그는 나중에 다시 쓸 요량으로 보자기를 잘 챙기고는, 외투를 꺼내어 아주 자랑스럽게 한번 살펴본 뒤 아카키 아카키예비치의 어깨 위에 걸쳐 주었다. 그런 다음 외투 뒷자락을 반듯하게 잡아당겨 위아래로 한번 훑어보고는 단추를 풀어 아카키 아카키예비치의 몸에 맞는지 품을 재 보았다. 아카키 아카키예비치는 얼른 소매에 팔을 꿰어 보고 싶었다. 페트로비치가 팔을 끼우는 걸 거들어 주었는데, 소매가 아주 잘 맞았다. 외투가 아카키 아카키예비치의 몸에 딱 맞게 만들어진 것이다.

페트로비치는 자신이 조그만 동네에서 간판도 없이 장사를 하는 데다 서로 안면도 있고 해서 싸게 해 준 것이라는 말을 잊지 않았다. 또한 그가 만약 네프스키 대로에서 장사를 했다면 최소한 75루블은 받았을 것이라는 말도 빠뜨리지 않았다. 아카키 아카키예비치는 돈 문제에 대해서는 더 이상 페트로비치와 이러쿵저러쿵 따지고 싶지 않았다. 게다가 페트로비치가 불러 대는 터무니없는 금액들은 듣기만 해도 겁이 날 지경이었다.

아카키 아카키예비치는 돈을 지불하고 고맙다는 말을 한 후 새 외투를 입고 출근길에 나섰다. 페트로비치는 함께 나와 길에 서서

멀리 사라져 가는 외투를 한참 동안 바라보았다. 그러더니 옆쪽으로 나 있는 구부러진 골목길을 내달려 아카키 아카키예비치를 앞질러 갔다. 그런 후 이번에는 정면에서 자신이 만든 외투를 살펴보았다. 아카키 아카키예비치는 마치 축제를 즐기는 기분으로 걸었다. 자신의 어깨 위에 새 외투가 있다는 사실을 매순간 느꼈고, 흡족한 마음에 몇 번씩이나 미소를 지었다. 사실 새 외투의 좋은 점은 두 가지였다. 하나는 따뜻하다는 것이고, 다른 하나는 기분이 좋다는 것이다. 어떻게 길을 걸었는지 전혀 알아차리지 못하는 사이에 벌써 관청에 도착했다. 그는 수위실에서 외투를 벗어 들고 이리저리 살펴본 후 수위에게 맡기면서 특별히 잘 보관해 달라고 일러 두었다.

아카키 아카키예비치가 새 외투를 맞춰 입어 누더기 같았던 헌 외투를 더 이상 볼 수 없게 됐다는 소문은 온 관청 내에 파다하게 퍼졌다. 그러자 많은 사람들이 아카키 아카키예비치의 새 외투를 구경하기 위해 수위실로 모여들었다. 사람들이 그에게 축하와 환영의 인사를 건네자, 처음에는 그저 웃기만 하던 그가 나중에는 좀 멋쩍어했다. 모두들 그의 곁으로 몰려와 새 외투를 위해 기념 축배를 들든가 아니면 파티라도 열어야 한다고 떠들어 댔다. 아카키 아카키예비치는 어떻게 대답해야 이 상황을 모면할 수 있을지 알 수가 없었다. 몇 분이 지나자 얼굴까지 새빨개져 자신의 외투는 새것이 아니라 헌것이나 마찬가지라는 등 빤히 들여다보이는 변명을 하기 시작했다. 그러자 어느 부국장 대리인가 하는 사람이, 자신은 아랫사람과도 격의 없이 지내는 사람이라는 것을 과시하고 싶어서였는지 다음과 같이 말했다.

"정 그렇다면 내가 아카키 아카키예비치를 대신해서 파티를 열 테니 오늘 우리 집에서 차나 한잔 합시다. 마침 오늘이 내 명명일(命名日)⁺이기도 하니 말입니다."

그러자 다들 그에게 축하 인사를 건넸고, 기꺼이 초대를 수락하였다. 아카키 아카키예비치는 거절하려 했으나 그렇게 하는 것은 예의에 어긋나는 일이며 부끄럽고 창피한 일이라고 다들 떠들어 대는 통에 거절할 수가 없었다. 게다가 저녁 무렵까지 새 외투를 입고 다닐 일이 생겼다는 사실에 기분이 유쾌해지기까지 했다.

이날은 아카키 아카키예비치에게 있어서 가장 큰 축제일이었다. 그는 아주 행복한 마음으로 귀가했다. 집에 돌아오자마자 외투를 벗어서 조심스럽게 벽에 걸어 놓고 겉감과 안감을 다시 한번 살펴본 후 새것과 비교해 보기 위해 일부러 다 낡아 빠진 헌 외투를 꺼냈다. 헌 외투를 보니 웃음이 나왔다. 어쩌면 이렇게 차이가 날까? 저녁 식사를 하는 동안에도 낡아 빠진 헌 외투만 생각하면 저절로 웃음이 나왔다. 즐거운 마음으로 식사를 마친 후 늘 하던 베껴 쓰

+ **명명일(命名日)** : 러시아에서는 아이가 태어난 후 8일이 지나면 정교회 달력에서 아기의 탄생일과 가까운 성인(聖人)의 날에서 가장 마음에 드는 성인의 이름을 취하여 아이의 이름으로 정하는데, 이날이 명명일이다.

기 일도 제쳐 둔 채 어두워질 때까지 침대 위에서 빈둥거렸다. 이윽고 파티에 늦어서는 안 되겠다는 생각에 서둘러 옷을 갈아입고 어깨에 새 외투를 걸친 후 밖으로 나왔다.

유감스럽게도 초대한 관리가 어디에 사는지는 말할 수 없을 것 같다. 내 기억력이 아주 나빠진데다, 상트페테르부르크 시내에 있는 거리나 건물 등 모든 것들이 머릿속에서 뒤엉켜 버려 무엇 하나 제대로 생각해 낸다는 것이 몹시 어렵기 때문이다. 어쨌거나 적어도 한 가지 확실한 것은, 초대한 관리가 시내에서도 비교적 잘사는 지역에 살고 있어 아카키 아카키예비치의 집에서는 꽤 먼 거리였다.

부국장 대리의 집으로 가기 위해 아카키 아카키예비치는 불빛이 흐릿하고 인적이 드문 거리를 몇 개 지나야 했다. 하지만 목적지에 가까워질수록 거리가 점점 활기를 띠더니 오가는 사람들도 많아지고 불빛도 밝아졌다. 예쁘게 차려입은 여자들과 담비 털을 옷깃에 두른 남자들도 눈에 띄기 시작했다. 도금된 못을 박은 격자 무늬 나무 썰매를 끄는 초라한 썰매꾼들의 모습은 점점 줄어드는 대신, 검붉은 벨벳 모자를 머리에 얹은 마부들이 곰 가죽 모포를 깔고 번지르르하게 칠을 한 마차를 몰고 눈 위를 질주하고 있었다.

아카키 아카키예비치는 마치 새로운 구경거리를 보는 기분으로 이 모든 것을 바라보았다. 몇 년 동안 저녁 시간에 거리에 나가 본 적이 없었던 것이다. 그는 훤하게 불이 켜진 가게 진열장 앞에 멈춰 서서 그곳에 걸린 그림을 호기심 어린 눈으로 바라보았다. 그림

속에는 구두를 벗어 든 채 매끈하게 빠진 한쪽 다리를 온통 드러내고 있는 아름다운 여자가 서 있었는데, 여자의 등 뒤에는 멋진 구레나룻과 턱수염을 기른 한 남자가 문을 열고 머리를 살짝 내밀어 쳐다보고 있었다.

아카키 아카키예비치는 머리를 흔들며 빙그레 웃고는 가던 길을 재촉했다. 대체 그는 왜 빙그레 웃었던 것일까? 그가 이런 그림을 처음 보기는 하지만 누구나 본능적으로 감지하는 그런 것을 느꼈기 때문일까? 아니면 다른 관리들처럼 '이런, 프랑스 놈들! 그저 갖고 싶은 게 있으면 저렇게……' 라는 생각을 했기 때문일까? 아니 어쩌면 그런 생각조차 하지 않았을지도 모른다. 사람의 마음속에 들어가서 그 사람이 무슨 생각을 하는지 알아낸다는 것은 불가능한 일이니까.

마침내 부국장 대리가 살고 있는 집에 도착했다. 호화로운 집이었다. 그의 집은 2층에 있었고 계단에는 등불이 켜져 있었다. 현관에 들어선 아카키 아카키예비치는 바닥에 늘어선 많은 덧신들을 보았다. 방 한가운데에는 사모바르[+]가 뿌연 김을 내뿜으며 끓는 소리를 내고 있었다. 벽에는 온갖 외투와 망토들이 걸려 있었는데, 그 중에는 옷깃에 담비 털이나 벨벳을 댄 것도 있었다. 벽 너머로 사람들이 시끄럽게 떠드는 소리가 들려왔다.

✛ **사모바르** : 찻물을 끓이는 러시아 전통 주전자.

쟁반에 빈 유리잔, 크림 그릇, 과자 바구니를 얹은 하인이 방문을 열고 나오자 그 소리는 갑자기 더욱 크고 분명하게 들려왔다. 모인 지 벌써 오래되어 이미 차를 한잔씩 마신 모양이었다.

아카키 아카키예비치는 외투를 벗어 걸어 놓고 방 안으로 들어갔다. 촛불, 동료들, 담배 파이프, 카드 놀이 탁자 등이 한꺼번에 그의 눈에 들어왔다. 그리고 사방에서 떠들어 대는 소리와 의자 움직이는 소리에 귀가 먹먹해졌다. 그는 어찌할 바를 모르고 어정쩡하게 방 한가운데 서 있었다. 하지만 사람들이 이내 그를 알아보고 환호성을 지르며 반갑게 맞이했다. 그러고는 그의 새 외투를 다시 한번 보기 위해 다들 현관으로 나갔다. 아카키 아카키예비치는 약간 당황했지만 원래 순진한 탓에 다들 참 좋은 외투라고 칭찬하자 기쁨을 감출 수 없었다. 물론 그런 다음에 사람들은 아카키 아카키예비치와 외투를 버려 둔 채 마치 아무 일도 없었다는 듯 다시 카드 놀이 탁자로 돌아갔다.

갖가지 소음과 떠드는 소리들, 그리고 북적대는 사람들이 파티의 전부였다. 이 모든 것이 아카키 아카키예비치에게는 그저 낯설기만 했다. 그는 손발뿐만 아니라 자신의 몸 전체를 어디에 두어야 할지 알 수 없었다. 결국 그는 카드 놀이를 하는 사람들 곁에 앉아 카드를 들여다보기도 하고 이 사람 저 사람의 얼굴을 쳐다보기도 했다. 그러나 얼마 지나지 않아 하품이 나고 지루해졌다. 평소 잠자리에 들던 시간이 훨씬 지났던 것이다. 그는 주인에게 작별 인사

를 하고 싶었지만, 주인은 새 외투를 장만한 기념으로 샴페인을 마셔야 한다며 놓아주지 않았다.

한 시간 후에는 만찬이 나왔다. 샐러드, 차게 먹는 송아지 요리, 고기 파이, 샴페인이 곁들여진 저녁상이었다. 사람들이 억지로 권하는 통에 아카키 아카키예비치는 샴페인을 두 잔이나 마셨다. 그러고 나니 방 안 분위기가 훨씬 흥겹게 느껴졌다. 그러나 이미 자정이 넘어 집에 돌아갈 시간이 훨씬 지났다는 사실을 아무래도 떨쳐 버릴 수 없어 또다시 주인이 붙잡을까 봐 조용히 방을 빠져나왔다. 그런데 안타깝게도 그의 외투가 현관 바닥에 떨어져 있었다. 그는 외투를 조심스레 집어 먼지를 잘 털어 낸 다음 어깨에 걸치고 계단을 내려와 거리로 나섰다.

거리는 여전히 밝았다. 아주 작은 몇몇 가게들과 하인들을 비롯한 온갖 군상들이 모이는 몇몇 클럽들은 아직 열려 있었다. 문이 닫힌 클럽들도 문틈 사이로 한줄기 기다란 불빛이 새어 나오는 것으로 보아 아직 가지 않은 손님들이 있는 모양이었다. 부잣집 머슴이나 하녀들이 주인 모르게 이런 곳에 모여 수다를 떨고 있는 것이 틀림없었다.

그는 즐거운 마음으로 길을 걸어갔다. 그러다가 온몸을 과장되게 흔들며 번개처럼 휙 지나가는 웬 낯선 여자를 보고 아무 이유 없이 빠르게 뒤쫓아갔다. 하지만 이내 뒤쫓던 걸음을 멈추고 이전처럼 천천히 걸어갔다. 대체 왜 그렇게 느닷없이 뒤쫓아갔는지 자신도 이해할 수 없었다.

얼마 지나지 않아 낮에 지나왔던 인적 드문 거리들이 다시 나타났다. 낮에도 기분이 좋지 않은 거리였는데 밤에는 더한 것 같았다. 거리는 한층 황량하고 한적했다. 가로등도 기름이 떨어져 가는지 간간이 깜빡거렸다. 목조 건물들과 울타리를 지나 계속 걸어갔지만 어디에서도 행인은 찾아볼 수 없었다. 단지 길가에 쌓인 눈만 반짝 빛날 뿐, 덧창을 내린 야트막한 오두막집들은 쓸쓸히 어둠 속에 깊이 잠들어 있었다. 갈림길 끝에 다다르자 끝없이 넓어 보이는 광장이 나타났다. 광장 너머로 집들이 보이긴 했지만 광장은 너무도 삭막해서 황량한 사막 같았다.

멀리 떨어져 있는 초소의 불빛이 반짝거렸다. 초소는 마치 세상 끝에 있는 것처럼 아득해 보였다. 아카키 아카키예비치의 즐겁던 마음이 갑자기 무겁게 가라앉았다. 광장에 들어서면서 뭔가 좋지 않은 일이 생길 걸 예감이라도 한 듯, 걷잡을 수 없는 두려움이 몰려왔다. 뒤를 돌아다보고 옆을 둘러보았지만, 주변은 완전히 어둠의 바다였다. 차라리 안 보는 게 낫겠다는 생각에 아예 눈을 감고 걸었다. 그런데 광장 끝에 다 왔는지 보려고 눈을 뜬 순간, 콧수염이 난 두 사내가 바로 코앞에 버티고 서 있었다. 이들이 누군지 생각할 겨를도 없이 눈앞이 캄캄해지고 가슴이 뛰었다. 그 중 한 사내가 아카키 아카키예비치의 멱살을 잡고는 "이 외투는 내 거야!"라며 벼락같이 고함을 쳤다. 아카키 아카키예비치가 소리를 질러 순찰병을 부르려는 순간 다른 사내가 사람 머리통만한 주먹을 그의 입 앞에 들이대며 "어디 소리만 질러 봐!"라고 위협을 해 댔다. 아카키 아카키예비치는, 외투가 벗겨지고 정강이를 걷어 차여 눈 위에 거꾸로 처박힌 것까지는 기억이 났지만, 그 뒤는 어떻게 됐는지 더 이상 기억할 수 없었다.

몇 분 후 정신을 차리고 일어섰을 때는 이미 아무도 없었다. 한기를 느낀 그는 외투가 없어졌다는 사실을 깨닫고 날카롭게 비명을 질렀다. 하지만 그 소리가 광장 끝에까지 이를 것 같지는 않았다. 절망에 빠진 그는 미친 듯이 소리를 질러 대며 광장을 가로질러 초소로 달려갔다. 초소 옆에는 한 초소병이 경비봉에 몸을 기댄채 서 있었다. 초소병은 멀리서 이쪽을 향해 시끄럽게 달려오는 사람이 누군가 하고 호기심 어린 눈으로 바라보고 있었다. 아카키 아카키예비치는 초소병에게 달려가 헐떡이며 "사람이 강도를 당했는데 조느라고 그것도 보지 못했냐!"며 호통을 쳤다. 초소병은 두 사람이 광장 한가운데 그를 멈춰 세우는 것을 보긴 했지만 친구들이겠거니 생각했다고 대답했다. 그리고 이렇게 쓸데없이 소리만 질러 댈 것이 아니라 내일 초소장을 찾아가면 외투를 빼앗아간 사람을 찾아 줄 것이라고 말했다.

아카키 아카키예비치는 완전히 정신 나간 사람 몰골로 집으로 돌아왔다. 관자놀이와 뒤통수 쪽에만 약간 남아 있던 머리칼은 마구 헝클어져 있었고, 옆구리와 가슴팍 그리고 바지에는 온통 눈 범

벅이었다. 거칠게 문 두드리는 소리에 놀란 하숙집 주인 노파는 황급히 일어나 한 손으로 잠옷 앞섶을 여미고, 한쪽 신발만 신은 채 달려나와 아카키 아카키예비치의 모습을 보더니 놀라서 기겁을 했다. 노파는 그에게서 자초지종을 듣고 나자 흥분해서 손바닥까지 치며 이런 사건을 해결하려면 얼른 경찰서장을 찾아가야 한다고 말했다. 그러면서 초소장 따위에게는 가 봤자 찾아 주겠노라는 약속만 하고 늑장을 부리기 일쑤이니 그보다는 바로 경찰서장을 찾아가는 편이 낫다는 것이었다. 물론 노파가 경찰서장을 알고 있다고 했다. 전에 자기 집에서 부엌일을 하던 핀란드 여자인 안나가 요즘은 경찰서장 집에서 아이를 돌봐 주고 있어 경찰서장이 집 앞을 지나갈 때 직접 보기도 했고, 또 경찰서장은 일요일마다 교회에 나오는데 사람들을 상냥한 눈빛으로 바라보는 것으로 보아 좋은 사람임에 틀림없다고 말했다. 노파의 이야기를 듣고만 있던 아카키 아카키예비치는 우울한 얼굴로 자기 방으로 돌아갔다. 그가 어떻게 그날 밤을 보냈는지는 다른 사람의 입장을 어느 정도라도 헤아릴 줄 아는 사람이라면 아마 상상이 갈 것이다.

　이튿날 아침 일찍 그는 경찰서장을 찾아갔다. 경찰서장은 아직 자고 있다고 했다. 열 시쯤에 다시 찾아갔더니 아직도 자고 있다고 했다. 그래서 열한 시에 또 찾아갔더니 이번엔 집에 없다고 했다. 점심 시간에 다시 찾아갔더니 현관에 있던 서기들이 무슨 일로 왔으며, 원하는 것은 무엇이고, 무슨 사건이 있었던 것인지를 꼬치꼬

치 캐물으며 그를 쉽사리 안으로 들여보내려 하지 않았다.

더 이상 참지 못한 아카키 아카키예비치는 일생에 단 한 번만이라도 자신의 근성을 보여 줘야겠다고 생각했다. 그래서 그는 자신이 관청에서 공무로 왔고 경찰서장을 직접 만나야 하는데 감히 들여보내지도 않는 것은 있을 수 없는 일이라며 모두 고발해 버릴 테니 알아서들 하라며 단호히 말했다. 그러자 서기들은 아무 말도 못하고 그 중 한 사람이 경찰서장을 부르러 갔다.

경찰서장은 강도에게 외투를 빼앗겼다는 아카키 아카키예비치의 이야기를 왠지 다른 측면에서 다루었다. 그는 사건의 요점에는 주의를 기울이지 않고 오히려 아카키 아카키예비치를 심문하기 시작했다. 왜 그렇게 늦은 시간에 귀가했으며, 혹시 점잖지 못한 집에 간 것은 아닌지 캐물었다. 머릿속이 온통 어지러워진 아카키 아카키예비치는 외투 사건이 수사가 진행될 것인지 아닌지조차 알지 못한 채 그곳을 나왔다. 그는 이날 출근하지 않았다. 그에게 있어 생전 처음 있는 일이었다.

다음 날 그는 한층 더 초라해 보이는 헌 외투를 입고 창백한 얼굴로 출근했다. 외투를 강탈당했다는 소식에 아카키 아카키예비치를 비웃는 사람들도 있었지만, 그래도 많은 사람들이 그를 동정했다. 그래서 그를 위해 모금 운동을 벌였다. 그러나 국장의 초상화를 주문했거나 부국장의 권유에 못 이겨 부국장의 친구가 썼다는 책을 한 권씩 구입하는 등 쓸데없는 지출이 많은 탓에 그를 위해 모인 돈은 겨우 푼돈에 불과했다.

동정심에 이끌려 적어도 그를 도울 수 있는 충고라도 한마디 해야겠다고 마음먹은 한 관리가 경찰서장에게는 가지 않는 게 좋다고 했다. 물론 경찰서장이야 상관에게 인정받기 위해 어떻게 해서든 외투를 찾아내겠지만 그 외투가 아카키 아카키예비치의 것이라는 분명한 법적 증거들을 제시하지 못한다면 외투는 경찰서에 그대로 방치될 수도 있으니, 그것보다는 차라리 어떤 유력 인사를 찾아가서 청탁을 넣는 편이 낫다는 것이었다. 유력 인사가 관계 기관에 지시하면 사건이 잘 해결될 것이라는 얘기였다. 달리 방책이 없는 아카키 아카키예비치로서는 일단 유력 인사를 찾아가 보기로 했다. 이 유력 인사라는 작자의 직책이 무엇이며 무슨 일을 담당했는지는 아직까지 밝혀지지 않고 있다. 다만 그자가 얼마 전까지만 해도 별 볼일 없는 직책에 있다가 아주 최근에 유력 인사가 되었다는 것만은 사실이다. 그의 지위는 다른 유력 인사들과 비교해 볼 때 그다지 유력하다고 할 수도 없지만, 그 지위를 대단히 유력한 것처럼 생각하는 사람들도 있게 마련이다.

어쨌든 이 유력 인사는 자신의 위치를 더욱 대단하게 보이려고 여러 가지 수단과 방법을 총동원하였다. 예를 들어 자신이 출근할 때면 부하 직원들이 층계까지 나와서 맞도록 했고, 방문객들은 누구든 자신의 집무실로 곧장 들어오지 못하게 하는 등 모든 것을 엄중한 절차에 따라 처리하도록 했다. 14등급 관리는 12등급 관리에게 보고하고, 12등급은 9등급이나 그에 상응하는 다른 관리에게 보고토록 한 후 결재 서류가 올라오도록 만드는 식이었다.

사실 러시아 땅에는 모든 관리들이 자신의 상관을 따라 하는 모방 증세가 유행병처럼 퍼져 있었다. 심지어 어떤 하급 관리는 조그만 부서의 책임을 맡게 되자 칸막이로 자신의 방을 따로 만들어 '집무실'이라고 이름 짓고는 붉은 옷깃에 넥타이를 맨 안내원까지 문 앞에 세워 두고 방문객에게 일일이 문을 열어 준 일도 있다고 한다. 그런데 '집무실'이라는 것이 보통 크기의 책상 하나가 겨우 들어갈 만한 정도의 넓이였다.

한편 이 유력 인사의 행동 방식이나 습관은 아주 당당하고 빈틈이 없었으나 그것을 이해하기란 그리 복잡하지 않았다. 그가 가장 중요시하는 체계는 엄격함이었다. '엄격, 엄격 그리고 엄격'을 늘상 입에 달고 다녔는데, 특히 마지막 단어를 발음할 때는 아주 중요한 의미라도 있듯이 상대방의 얼굴을 빤히 쳐다보았다. 그러나 이런 행동에 특별한 의미가 담겨 있는 것은 아니었다. 그렇지 않아도 부서의 10명 남짓한 관리들은 멀리서 그를 보기만 해도 하던 일을 멈추고 부동 자세로 서서 그가 지나갈 때까지 기다릴 정도로 그를 두려워했다.

부하 직원들과 주고받는 일상적인 대화 역시 엄격하기 이를 데 없었다. 그가 주로 사용하는 말은 다음 세 문장이었다. "자네들이 감히 이럴 수 있는가? 자네들이 대체 누구와 얘기하고 있는지 아는

가? 자네들 앞에 서 있는 사람이 누군지 알고는 있는가?"

원래 그는 선량한 성격에 동료들과 사이가 좋고 친절한 사람이었다. 그런데 고위직이란 자리가 그를 완전히 다른 사람으로 만들어 버렸다. 고위직을 얻게 된 뒤부터 이성을 잃고 갈팡질팡하더니 어떻게 처신해야 할지 갈피를 잡을 수 없게 된 것이다. 그래도 자신과 비슷한 지위의 사람들과 함께 있을 때 그는 여러모로 예의 바르고 현명하게 처신했다. 그러나 한 직급이라도 아래인 사람들과 함께한 자리에서는 아예 입을 꽉 다물어 버리거나, 다른 일을 하면 훨씬 더 나은 시간을 보낼 수도 있었을 텐데라고 생각하며 불만스러워했다. 때로는 그의 눈에서 재미있는 대화나 무리에 끼고 싶어 하는 강렬한 소망을 읽을 수도 있었다. 하지만 '너무 넘치게 베푸는 것은 아닐까, 너무 격의 없이 대하는 것은 아닐까, 자신의 품위가 손상되지는 않을까' 하는 생각들이 그의 행동을 억제하곤 했다. 그 결과 그는 가끔씩 짤막하게 한마디 내뱉는 것 외에는 늘 침묵을 지켰고, '따분한 인간'이라는 칭호까지 얻게 되었다.

바로 이런 인물에게 아카키 아카키예비치가 찾아간 것이다. 그런데 찾아간 시간이 매우 좋지 않았다. 유력 인사에게는 적시에 나타나 준 꼴이 되었지만, 아카키 아카키예비치에게는 최악의 순간이었다. 유력 인사는, 몇 년 동안 만나지 못했던 어린 시절 소꿉동무가 며칠 전에 이곳에 도착하여 자신의 집무실에서 더없이 유쾌한 대화를 나누고 있던 참이었다. 이때 바슈마츠킨이라는 사람이 찾아왔다는 전갈을 받은 것이다. 그가 퉁명스럽게 물었다.

"대체 누가 찾아왔다고?"

"어떤 관리가 찾아왔다고 합니다."

"아, 그래! 기다리라고 하게. 지금은 바쁘니까."

유력 인사는 이렇게 대답했다. 그러나 여기서 유력 인사의 말이 거짓임을 밝히지 않을 수 없다. 사실 그는 한가했다. 친구와 할 만한 얘기는 모두 나눈 터라 벌써 한참 전부터 서로 아무 말 없이 앉아 있다가 그저 서로의 허벅지를 툭툭 치며, "그렇게 됐군, 이반 아브라모비치!", "그러게 말이야, 스테판 바를라모비치!"라고 입을 떼는 것이 고작이었다. 그럼에도 불구하고 기다리라고 명령한 것은, 오래전에 관직을 떠나 지금은 시골에 묻혀 있는 친구에게 관리들이 유력 인사를 만나기 위해 대기실에서 얼마나 기다려야 하는지를 보여 주기 위해서였다. 잡담을 실컷 떠들고는 더 이상 할 얘기가 없어 한참 동안이나 입을 다물고 있다가 뒤로 젖혀지는 안락의자에 앉아 담배까지 피운 다음에야, 마치 갑자기 생각이라도 난 듯 문 가에서 보고서를 들고 서 있던 비서에게 말했다.

"그래, 거기 어떤 관리가 와서 기다리고 있는 모양인데 들어와도 좋다고 하게."

아카키 아카키예비치의 겸손해 보이는 외모와 낡은 관복을 힐끗 훑어본 유력 인사는 갑자기 그를 향해 고개를 돌리며 말했다.

"무슨 일인가?"

그는 딱딱 끊어지는 매우 단호한 목소리로 말했다. 사실 이것은 그가 현재의 관직을 받기 일주일 전부터 혼자서 거울을 보며 일부러 연습한 것이었다. 아카키 아카키예비치는 미리부터 겁을 집어먹고 조금 당황하고 있던 터라 다른 때보다 더 자주 "그게, 저……"라는 군소리를 붙여 가며 새 외투를 무지막지하게 강탈당하게 된 경위를 설명했다. 또한 자신이 이렇게 찾아온 이유는 유력 인사께서 경찰서장이나 다른 누군가에게 외투를 찾을 수 있도록 청원을 좀 넣어 달라고 부탁하기 위해서라는 말을 덧붙였다. 유력 인사는 자신을 대하는 그의 태도가 너무 당돌하다고 여겼다.

"귀관은 도대체 뭐 하는 사람인가?"

그는 또박또박 말을 계속 이어 갔다.

"절차도 모르나? 대체 어디를 찾아온 건가? 일이 어떻게 처리되는지도 모른단 말인가? 그런 일이라면 해당 부서에 먼저 탄원서를 제출했어야지. 그러면 그 부서의 대리와 부서장을 거쳐 비서에게 전달될 테고, 그 다음에 비서가 내게 보고할 게 아니냔 말이야!"

"하지만 각하……."

아카키 아카키예비치는 온몸에서 진땀이 흐르는 것을 느끼면서 자신에게 남은 마지막 용기를 짜내어 말했다.

"제가 감히 각하께 폐를 끼치고자 한 것은, 사실 그 비서라는 자들이 믿을 수가 없는 사람들이기에……."

그러자 유력 인사가 버럭 소리를 질렀다.

"뭐가 어쩌고 어째? 대체 자넨 어째서 그런 생각을 하나? 그런 생각이 대체 어디서 나온 것이냐 말이야! 고위직에 대한 불신이 자네 같은 젊은이들 사이에 만연되어 있는 모양이군!"

아마도 이 유력 인사는 아카키 아카키예비치의 나이가 이미 50줄에 들어섰다는 사실을 눈치 채지 못한 것 같았다. 사실 아카키 아카키예비치가 젊은이라는 호칭으로 불릴 수 있는 상황은 일흔 살 먹은 노인과 비교될 때뿐이다.

"지금 자네와 얘기하고 있는 사람이 누군지 아는가? 자네 앞에 서 있는 사람이 누군지 아는가? 도대체 알기는 하느냐 말이야! 어서 대답해 보게."

그는 발을 힘주어 구르며 아카키 아카키예비치가 아니라 그 누구라도 무서워할 정도로 언성을 높여서 호통을 쳤다. 아카키 아카키예비치는 마치 넋이 나간 사람처럼 비틀거렸고 몸이 떨려 제대로 서 있을 수조차 없었다. 그때 경비원이 달려와 그를 부축하지 않았더라면 아마 그 자리에서 쓰러지고 말았을 것이다. 그는 거의 실신할 지경이 되어 실려 나갔다. 기대 이상의 효과에 유력 인사는 스스로 대단히 만족스러워했다. 자신의 말 한마디가 사람의 정신까지 잃게 할 수 있다는 생각에 도취되어, 자신의 친구가 이것을 어떻게 보고 있는지 궁금해 슬쩍 곁눈질해 보았다. 그리고는 친구 역시 눈이 휘둥그레져서 어리둥절해하는 듯하자 내심 매우 흡족스러워했다.

한편 아카키 아카키예비치는 어떻게 계단을 내려와 밖으로 나왔는지 아무것도 기억할 수 없었다. 손발은 감각조차 없었다. 그는 여지껏 단 한 번도 고위 관리에게, 그것도 다른 관청에 있는 고위 관리에게 그토록 호되게 당해 본 적이 없었다. 그는 입을 벌린 채 몰아치는 눈보라 속을 휘청거리며 걸어갔다. 상트페테르부르크에서 바람이 부는 것은 흔한 일이지만, 그날따라 바람은 사방에서 세차게 휘몰아쳤다. 순식간에 그는 편도선염에 걸리고 말았다. 집에 돌아왔을 때는 말 한마디 할 기력조차 남아 있지 않았다. 그리고는 온몸이 퉁퉁 부은 채로 침대에 쓰러졌다. 윗사람의 대수롭지 않은 질책이 때로는 이렇게 큰 충격을 줄 때도 있는 모양이다!

다음 날 그는 심한 고열에 시달렸다. 상트페테르부르크의 혹독한 추위 때문인지 병은 예상보다 빠르게 진행되었다. 의사가 와서 맥을 짚었을 때는 이미 손을 써 볼 수도 없을 만큼 악화된 상태였다. 의사는 아무런 의료 혜택도 없이 환자를 방치해서는 안 되겠다는 생각 때문인지 주인집 노파에게 찜질이라도 해 주라고 말했다. 그리고 하루 반이 지나면 피할 수 없는 최후의 순간을 맞을 것이라는 말을 덧붙였다.

"할머니, 그렇게 시간만 보내지 말고 소나무 관이라도 준비해 두는 게 좋을 겁니다. 이 사람 형편에 참나무 관은 너무 비쌀 테니 말입니다."

아카키 아카키예비치가 자신의 비극적인 운명에 관한 이 말을 들었는지, 만약 들었다면 그 말에 엄청난 충격을 받았는지, 아니면 자신의 비참했던 생애를 슬퍼했는지 그것에 대해서는 전혀 알 길이 없다. 왜냐하면 그는 줄곧 열에 들떠 헛소리만 해 댔기 때문이다. 게다가 괴이한 환상이라도 나타나는지 페트로비치에게 침대 밑에 숨어 있는 도둑놈들을 잡을 수 있도록 올가미가 달린 외투를 만들어 달라고 하거나, 끊임없이 주인 노파를 불러 이불 밑에 숨어 있는 도둑을 끌어내라고 하는가 하면, 새 외투가 있는데 왜 헌 외투를 눈앞에 걸어 두었는지 묻기도 하고, 고위 관리 앞에 서서 꾸지람이라도 듣는지 '죄송합니다, 각하!' 라고 외치기도 하였다. 그러다가 마침내 무서운 말들을 지껄이며 추잡한 욕설을 내뱉기 시작했다. 주인 노파는 아카키 아카키예비치가 그런 말을 하는 것을 한 번도 본 적이 없는데다 그런 말 뒤에는 반드시 '각하' 라는 호칭을 붙이는 통에 놀라서 성호를 긋기까지 했다. 이후 그의 입에서 나오는 소리들은 전혀 말이 되지 않는 것들뿐이어서 도무지 알아들을 수가 없었다. 정신없이 내뱉는 말들이 하나같이 외투와 관련된다는 것을 감지할 수 있을 뿐이었다.

불쌍한 아카키 아카키예비치는 끝내 숨을 거두었다. 그의 방이나 소지품에 봉인은 하지 않았다. 그것을 상속할 사람이 없었고, 유품도 얼마 되지 않았기 때문이다. 유품이라고 해 봐야 거위 깃털로 만든 펜대 한 다발, 관공서용 백지 한 묶음, 양말 세 켤레, 바지에서 떨어진 단추 두세 개, 그리고 실내복같이 낡아 빠진 외투가

전부였다. 이것들이 다 누구의 것이 되었는지는 알 수 없다. 솔직히, 이 일을 얘기하는 나 자신도 별로 관심이 가지 않는 일이다.

사람들이 아카키 아카키예비치의 시신을 운반하여 땅에 묻었다. 이제 더 이상 상트페테르부르크에서 아카키 아카키예비치라는 사람은 찾아볼 수 없었다. 그 같은 사람은 마치 처음부터 존재하지도 않았던 것처럼 말이다. 누구의 보호나 사랑도 받지 못했고, 흔한 파리 한 마리도 핀으로 꽂아 현미경을 들이대는 박물학자 같은 사람들의 관심조차 끌지 못했던 존재가 이제 사라졌다. 동료 관리들의 조롱을 순순히 참아내고 무덤에 들어가는 순간에도 그저 평범하기만 했던 한 존재가 사라져 버린 것이다. 그러나 비록 생을 마감하기 바로 직전이긴 했지만 그에게도 화려하게 빛나는 손님이 외투의 모습으로 잠깐 동안 나타나서 그의 가련한 삶에 생기를 불어넣어 주기도 했다. 하지만 세상의 어떤 황제나 통치자들도 피해갈 수 없는 불행은 그를 쓰러뜨리고 말았다.

아카키 아카키예비치가 죽은 지 며칠 후, 즉각 관청으로 출근하라는 부국장의 명령을 가지고 수위가 아카키 아카키예비치의 집에 찾아왔다. 그러나 수위는 아무런 소득도 없이 돌아가 아카키 아카키예비치는 더 이상 출근할 수 없다고 보고할 수밖에 없었다. "왜?"라는 부국장의 질문에 대해 수위는 "그게 그러니까, 그는 이미 죽었고 매장한 지 나흘째랍니다"라고 대답했다. 이렇게 하여 관청에서도 아카키 아카키예비치의 죽음을 알게 되었다. 그리고 그

이튿날에는 아카키 아카키예비치보다 훨씬 키가 크긴 하지만 그처럼 곧은 필체가 아니라 옆으로 심하게 기울어진 필체를 가진 새로운 관리가 그의 자리를 차지하고 앉았다.

그런데 아카키 아카키예비치에 대한 이야기는 여기서 모두 끝난 것이 아니다. 아무도 인정해 주지 않았던 그의 삶에 대해 보상이라도 하듯, 그가 죽은 다음에는 한동안 소란스러운 삶을 살아갈 운명을 타고났다는 사실은 누구도 상상하지 못했다. 그리하여 이 슬픈 이야기가 생각지도 못했던 환상적인 결말로 끝맺게 되는 일이 발생한 것이다.

느닷없이 상트페테르부르크 전역에 다음과 같은 소문이 돌았다. 칼린킨 다리 근처에서부터 아주 멀리 떨어진 곳까지 밤마다 관리의 모습을 한 유령이 나타나 도둑맞은 외투를 찾아다니는데, 외투를 입고 있는 사람만 보면 지위나 신분을 가리지 않고 달려들어 자신이 잃어 버린 외투라고 우겨 대며, 고양이, 담비, 솜, 너구리, 여우, 곰 할 것 없이 털이든 가죽이든 몸에 두르도록 만들어진 것이면 죄다 빼앗아 간다는 것이었다. 관청에 근무하는 한 관리는 자기 눈으로 직접 유령을 보았는데, 그 유령이 아카키 아카키예비치라는 것을 대번에 알아보았다고 했다. 그러나 너무 겁이 나서 걸음아 날 살려라 도망치는 바람에 자세히 보지는 못했고, 그저 멀리서 손가락을 흔들며 자신을 위협하는 모습만 기억했을 뿐이었다. 또한 유령은 9등급 관리는 물론 3등급 관리의 외투까지 빼앗아 가 버리는 통에 외투를 강탈당한 사람들의 등과 어깨가 꽁꽁 얼어붙어 감기에 걸렸다는 탄원이 여기저기서 들어왔다. 경찰에서는 그놈이 산 놈이든 죽은 놈이든 간에 무조건 잡아들여 다른 사람들에 대한 본보기가 되도록 가장 잔인한 형벌에 처하라는 엄명이 내려졌다.

거의 유령을 잡을 뻔한 적도 있었다. 키류슈킨 거리에서 플루트를 불고 있는 퇴직한 악사의 값싼 모직 외투를 빼앗으려고 유령이 달려들자 한 초소병이 현장을 덮쳐 유령의 멱살을 움켜잡았던 것이다. 초소병은 멱살을 꽉 쥔 채 큰 소리로 동료 두 사람을 불러 유령을 맡기고 자신은 장화 속에 넣어 둔 코담배를 꺼내 그동안 여섯 차례나 동상에 걸렸던 코에 잠시나마 공기를 통하게 해 주어야겠다고 생각했다. 그런데 담배 냄새가 유령조차 참을 수 없을 정도로 지독했던 모양이다. 초소병이 손가락으로 오른쪽 콧구멍을 막고 왼쪽 콧구멍으로 코담배를 반쯤 들이마시려는 찰나, 유령이 그만 아주 세게 재채기를 한 것이다. 그 바람에 담뱃가루가 눈에 들어간 초소병들이 유령을 붙들던 손으로 눈을 비비는 사이에 유령은 흔적도 없이 사라져 버렸다. 그리고 나중에는 유령이 정말 그들의 손에 잡혔는지조차 알 수 없게 되었다. 이때부터 유령에 대한 두려움이 생겨난 초소병들은 산 사람을 잡는 것조차 무서워서 그저 멀리서 "어이, 이봐, 빨리 가시오!" 하고 소리만 칠 뿐이었다. 관리의 모습을 한 유령은 어느새 칼린킨 다리 너머까지 출몰하기 시작하여 겁이 많은 이들을 두려움에 떨게 만들었다.

한편 이 완벽한 실화가 환상적인 이야기로 발전해 나가는 데 사실상 원인을 제공해 준 그 유력 인사를 그동안 너무 무심하게 방치해 둔 것 같다. 무엇보다 먼저 공정을 기하기 위해서 한마디 해 두어야 할 것은, 불쌍한 아카키 아카키예비치가 심하게 질책을 당하고 집무실을 떠난 후 이 유력 인사도 뭔가 측은한 감정을 가졌다는 것이다. 그도 동정심을 느낄 줄 아는 사람이었다. 다만 직위라는 것이 주는 체면 때문에 그렇지 그도 선량한 마음씨를 가졌다. 찾아왔던 친구가 집무실에서 나가자마자 그는 불쌍한 아카키 아카키예비치에 대해 깊은 생각에 잠겼다. 이때부터 거의 매일 그의 눈앞에, 상관의 질책을 견디다 못해 하얗게 질려 버린 아카키 아카키예비치의 모습이 아른거렸다.

　유력 인사는 몹시 불안해하다 이윽고 일주일 후에는 아카키 아카키예비치가 어떻게 지내고 있으며 뭔가 도울 방법은 없는지 알아보기 위해 그의 집으로 관리까지 보냈다. 그런데 아카키 아카키예비치가 열병으로 갑자기 죽었다는 보고를 듣게 되자 충격과 양심의 가책으로 온종일 제정신이 아니었다. 어떻게든 기분을 전환하여 이 우울한 기억을 빨리 떨쳐 버리고 싶었던 그는 친구 집에서 열리는 저녁 파티에 참석하였다. 파티에 모인 사람들은 다들 점잖았고 무엇보다도 대부분의 사람들이 그와 동일한 지위에 있는 사람들이었기에 아무런 거리낌이 없었다. 덕분에 그의 기분은 매우 좋아졌다. 기분이 좀 풀리자 그는 사람들과 어울려 즐거운 대화를 나누고 다른 사람들에게 친절을 베푸는 등 아주 유쾌한 시간을 보냈다. 그리고 저녁 식사 후에 샴페인을 두 잔이나 마셨다.

알다시피 샴페인은 유쾌한 기분을 느끼게 해 주는 데 아주 효과적이다. 샴페인은 그에게 과감한 행동을 해 보고 싶은 충동을 불러일으켰다. 그리하여 곧바로 집으로 가지 않고 평소 알고 지내는 카롤리나 이바노브나의 집에 들르기로 하였다. 그는 독일 태생인 듯한 이 여자에게 대단히 호감을 느끼고 있었다. 미리 말해 두지만, 이 유력 인사는 이미 중년의 나이에 훌륭한 남편이요, 존경받는 아버지였다. 아들이 둘 있었는데 그 중 하나는 이미 관청에서 근무를 시작한 나이였다. 약간 휘긴 했어도 매력적으로 생긴 코를 가진 열여섯 살짜리 딸아이는 날마다 그의 손에 입을 맞추며 '봉주르, 빠빠‡' 라고 사랑스럽게 인사를 했다. 그의 아내는 아직 젊고 꽤 미인이었는데, 남편이 먼저 자기 손에 입을 맞추게 한 다음 자기 손을 내린 후 그의 손에 입을 맞추곤 하였다. 그는 가정 생활의 안락함에 대단히 만족하면서도 시내 반대편에 여자 친구를 두고 친밀하게 지내는 것을 고상한 행동이라고 여겼다. 그녀는 아내보다 예쁘지도 젊지도 않았지만 그런 것쯤이야 흔한 일이기에 우리가 상관할 바는 아니다.

한편 유력 인사는 계단을 내려와 썰매에 올라탄 후 마부에게 "카

---

‡ 빠빠 : 아빠.

롤리나 이바노브나의 집으로 가자!"고 지시했다. 그는 따뜻한 외투로 몸을 완전히 감싼 채 여전히 즐거운 기분에 도취되어 있었다. 사실 러시아 인에게 있어서, 머릿속에서 즐거운 생각들이 샘솟아 굳이 뭔가를 생각해 내려고 애쓸 필요가 없을 때보다 더 기분 좋을 적은 없다. 만족감에 도취된 그는 즐겁게 보낸 저녁 파티의 장면들과 좌중을 웃겼던 여러 가지 말들을 차례로 떠올려 보았다. 재미있었던 말들 중 몇 가지는 소리내어 되풀이해 보기도 했는데 그래도 여전히 우스워서 파티에서 정신없이 웃어 댄 것이 너무나 당연하게 생각되었다.

그러나 이따금씩 돌풍이 그의 즐거운 기분을 방해하며 지나갔다. 돌풍은 어디서 어떻게 오는지도 모르게 갑자기 불어와 눈을 퍼부으며 얼굴을 세차게 때리고, 외투 깃을 돛단배처럼 펄럭이게 하거나 불가사의한 힘으로 돌연 머리를 덮치기도 했다. 그는 돌풍을 피해 보려고 부단히 애를 쓰다가 갑자기 누군가가 자신의 옷깃을 잡아채는 것을 느꼈다. 고개를 돌려 보니 작은 키에 낡아 빠진 관복을 입은 사람이 보였다. 유력 인사는 이내 아카키 아카키예비치임을 알아채고는 소스라치게 놀랐다. 아카키 아카키예비치의 얼굴은 눈처럼 창백해서 완전히 유령의 모습이었다. 유령이 입을 일그러뜨린 채 무덤 냄새를 풍기며 다음과 같이 말하자 유력 인사의 공포는 극에 달했다.

"아하! 바로 네 놈이로군! 이제야 네 놈의 멱살을 잡게 되었어!

난 네 놈의 외투가 필요해! 내 청을 받아 주기는커녕 오히려 욕이나 해 댔으니 이젠 네 놈의 외투를 내놓으란 말이야!"

하얗게 질린 유력 인사의 얼굴은 거의 죽을상이 되었다. 원래 그는 관청에서 아랫사람들에게 항상 늠름한 모습과 행동을 보여 주었기 때문에 그를 한 번 본 사람들은 누구나 "거, 대단한 기상인데!"라고 말할 정도였다. 그런데 지금은 겉보기에 용맹스러운 대다수의 사람들이 그렇듯이, 엄청난 공포감에 휩싸여 마치 병적인 발작이라도 일으킬 것만 같았다. 그는 얼른 외투를 벗어 던지고 여느 때와 전혀 다른 목소리로 마부에게 소리쳤다.

"전속력으로 달려 집으로 가자!"

그것이 결정적인 순간이나 아주 다급한 일이 벌어진 경우에만 나오는 목소리란 걸 알아차린 마부는 만일의 경우에 대비하여 어깨 사이로 머리를 잔뜩 움츠린 채 채찍을 휘두르며 쏜살같이 달렸다. 약 6분 가량 지난 뒤 유력 인사는 자기 집이 있는 건물 입구에 도착했다. 카롤리나 이바노브나의 집에는 가 보지도 못하고 외투도 없이 하얗게 질린 모습으로 집에 돌아온 그는 간신히 자기 방까지 기어들어 가 혼미한 상태로 밤을 지새웠다. 이튿날 아침 차를 마시던 딸이 아빠의 얼굴이 왜 이렇게 창백하냐고 물었다. 그러나 그는 입을 꼭 다문 채 무슨 일이 생겼는지, 어디에 있었는지, 어디에 가려고 했는지에 대해 아무 말도 하지 않았다.

이 사건은 그에게 큰 영향을 미쳤다. 부하 직원들에게 "자네들이 감히 이럴 수 있는가? 자네들 앞에 서 있는 사람이 누군지 알고는 있는가?" 하고 말하는 일도 예전보다 훨씬 줄어들었다. 설령 그런 말을 한다고 해도 전과는 달리 무슨 사정인지 먼저 들어본 다음에 했다.

그런데 더욱 놀라운 일은 유력 인사의 외투가 유령에게 꼭 맞았던 모양인지 이 일이 있은 뒤로는 유령이 자취를 감추었다는 것이다. 적어도 누가 외투를 빼앗겼다는 얘기는 어디서도 들을 수 없었다.

하지만 시내를 자주 돌아다니는 사람들이나 소심한 사람들은 결코 마음을 놓으려 하지 않았고, 시내에서 멀리 떨어진 지역에는 여전히 관리 모습을 한 유령이 나타난다는 소문이 떠돌았다. 더 정확히 말하자면, 키가 큰 어떤 초소병이 한 건물에서 나오는 유령을 자기 눈으로 직접 보았다고 했다. 이 초소병은 태어날 때부터 몸이 몹시 약했던지라, 어느 집에서 뛰쳐나오는 새끼 돼지와 부딪쳐 자빠진 적이 있었는데, 그 바람에 주위에 있던 마부들이 박장대소를 했고, 그는 자신을 조롱한 대가로 그들에게 담배 값으로 2코페이카씩 요구했다고 한다.

아무튼 그만큼 허약한 초소병인지라 유령을 보고도 잡을 엄두를 못 낸 채 어둠 속에서 그 뒤를 졸졸 따라가기만 했는데, 그때 갑자기 유령이 뒤로 홱 돌아서서, 산 사람에게서는 도저히 찾아볼 수 없는 커다란 주먹을 내밀며 말했다.

"뭐야, 당신은?"

"아무것도 아닙니다."

초소병은 이렇게 말하고 뒤로 돌아섰다. 그런데 그 유령은 이전 유령보다 훨씬 키가 큰데다 기다란 콧수염까지 기르고 있었다. 유령은 오부호프 다리 쪽으로 발걸음을 옮기는가 싶더니 밤의 어둠 속으로 사라졌다.

작품 해설

니콜라이 바실리예비치 고골에 대하여

김세일

고골의 생애

니콜라이 바실리예비치 고골(1809~1852)은 우크라이나의 시골 마을 발슈예 소로친치에서 태어났다. 아버지 바실리 아파나시예비치 고골-이노프스키와 어머니 마리야 이바노브나는 우크라이나의 지주 출신이었다. 특히 고골의 아버지는 우크라이나 문학의 초대 작가이자 민중의 삶을 배경으로 하는 희극 작가로도 명성을 날렸다. 고골은 우크라이나의 광활한 자연을 벗 삼아 아버지의 영지인 바실리예브카에서 유년 시절을 보내며 문학을 접하게 되었다. 이러한 유년 시절의 경험은 우크라이나의 전통 풍습 및 전설에 바탕을 둔 고골의 초기 작품에 많은 영향을 미쳤다.

1818년, 고골은 폴타바에 있는 학교에 들어가서 약 2년 동안 공부하다 네진에 있는 학교로 전학했다. 이 시절 고골은 벨로우소프 교수의 자유사상에 빠져들었고, 제카브리스트적 경향의 문집 『북극성』⁺을 접했으며, 릴레예프와 푸슈킨의 시를 탐독해 나갔다. 한편 다양한 종류의 글들을 교내 잡지에 게재했고, 1826년부터는 우크라이나 민요, 전설 및 역사적 문헌에서 발췌한 기록들을 엮어서 『잡동사니에 관한 책, 혹은 생활백과사전』을 발간하기 시작했다. 고골은 졸업한 이후에도 계속해서 이 책의 출판에 참여했으며, 여기에 담긴 다양한 기록과 자료들은 뒷날 고골이 『디칸카 근교의 야화』를 집필할 때 유용하게 사용되었다.

1828년 네진에서 학교를 마친 고골은 법관이 되어 국가를 위해 헌신하겠다는 꿈에 부풀어 상트페테르부르크로 떠났다. 그러나 상트페테르부르크에서의 삶은 모든 면에서 실패의 연속이었다. 생활고에 시달리면서도 낭만적 장시 『간츠 퀴헬가르첸』을 자비로 출판했지만 비평가들은 차가운 냉소만 보냈다. 연극배우로서의 길을 시도해 봤지만 이 또한 여의치 않았고, 결국 시청의 한 부서에서 말단 서기로 근무하면서 자신의 미래 작품인 「외투」의 주인공 아카키 아카키예비치의 운명을 간접 경험하게 된다. 상트페테르부르크의 삶에 환멸을 느낀 고골은 더욱더 우크라이나의 동화적 세계와 민간 전설, 노래 및 생활 풍습 등에 애착을 가지고 깊이 있게 공부해 나갔다.

한편 1830년대 초는 고골이 다양한 문학 인사들과 교분을 나누게 된 시기이다. 이 시기에 고골은 주코프스키, 젤비그, 푸슈킨 등과 친분을 쌓아 나갔다. 1831년 『디칸카 근교의 야화』 제1부를 출간하고, 이듬해

✢ **북극성**: 시인이자 제카브리스트 혁명 운동의 주요 지도자 중 한 사람이었던 콘드라치 표도로비치 릴레예프가 소설가이자 혁명 동지였던 알렉산드르 알렉산드로비치 베스투제프와 함께 1823년부터 출판한 비정기 출판물.

에는 제2부를 출간했다. 이 선집에 대한 푸슈킨의 찬사와 더불어 고골은 비로소 문학적 명성을 얻기 시작했다. 이 기세를 몰아 고골은 1835년 예전에 보여 줬던 우크라이나적 민속 색채에 영웅적 서사가 더해진 작품 선집 『미르고로트』를 발표했다. 이와 동시에 고골은 상트페테르부르크를 주요 테마로 삼은 일련의 중편소설들이 수록된 선집 『아라베스크』를 출간했다. 1830년대 중반에 고골은 예리한 풍자가 돋보이는 중편 「코」와 희곡 「검찰관」을 잇달아 내놓았고, 『죽은 혼』 제1부를 집필하기 시작했으며, 푸슈킨의 권유로 잡지 『동시대인』의 출판에도 참여하였다.

푸슈킨과 함께 일하면서 고골의 작품 세계는 다소 변화를 겪게 된다. 기왕에 웃음이 내포된 작품을 쓰려면 모든 사람들이 공감할 수 있도록 글을 쓰겠다고 선언한 이후, 고골은 지금까지 단순하고 유쾌한 웃음으로 일관했던 『디칸카』 사이클에서 「검찰관」, 『죽은 혼』에서 보여 준 가차 없는 사회적 풍자 쪽으로 창작의 방향을 전환하였다. 「검찰관」이 큰 성공을 거두었음에도 불구하고, 일부 비평가들은 여전히 고골에게 비평의 잣대를 들이댔고, 감수성이 예민했던 고골은 이를 피해 유럽 여행길에 오른다. 고골은 일 년 반에 걸쳐 유럽 전역을 돌아다녔고, 마침내 로마에 정착하여 약 반년 동안 머문다. 이탈리아는 그에게 우크라이나를 연상시켰으며, 이곳에서 정서적 안정을 되찾은 후 다시 『죽은 혼』을 집필하였다. 하지만 이후 약 12년에 걸쳐 유럽을 떠돌면서 오랜 정신적 방황을 하게 된다.

　　1841년 마침내 『죽은 혼』 제1부가 완성되었고, 검열과의 투쟁 끝에
수정을 거쳐 『치치코프의 여행, 혹은 죽은 혼』이라는 제목으로 이듬해
출판됐다. 하지만 오랜 방랑 생활이 계속되면서 점차 정서적으로 불안
정해졌다. 독일에 머물던 1847년 여름에는 『죽은 혼』 제2부의 첫 번째
수정 원고를 태워 버렸다. 이러한 정신적 위기 상태 속에서 1847년에

는 『친구들과의 왕복 서한』을 출간했는데, 벨린스키를 비롯한 진보적 문학 인사들의 비난을 받았다.

다시 한번 정신적 충격 상태에 휩싸인 고골은 기독교에 의지하여 심리적 안정을 되찾기 위해 이듬해인 1848년 예루살렘으로 성지 순례를 떠난다. 러시아로 돌아온 고골은 여전히 정서적 불안 상태에 놓여 있었는데, 여기에는 광적인 성직자 마트베이 콘스탄티노비치의 영향도 매우 컸다. 그는 고골의 작품 속에 악마적 경향이 엿보인다면서 고골에게 예전의 창작 경향과 완전히 단절하라는 충고를 거듭 반복한다. 마트베이의 경고로 심리적으로 더욱 약해진 고골은 심한 병을 앓기도 했으며, 당시 집필이 끝난 『죽은 혼』 제2부에 해당하는 원고도 불살라 버렸다. 원고를 불사른 지 며칠 후인 1852년 2월 21일, 고골은 심한 정서적 불안과 우울증에 시달리다 43세라는 짧은 생을 마감했으며, 다닐로프스키 수도원에 안장되었다.

고골의 작품 세계

우리들의 일상에서 흔히 볼 수 있는 다양한 모순적 상황들과 불합리성에 대해 날카로운 풍자를 가하는 고골의 작품은 러시아 문학계에 비평적 사실주의가 형성될 수 있는 새로운 발판을 마련해 주었다. 그의 작품에 나타나는 다양한 상황과 예술적 구성 및 언어는 매우 독창적이다. 무엇보다도 고골의 작품은 러시아 민족의 정서와 자연에 대한 낭만적 상상력, 그리고 일그러진 인간 군상에 대한 탁월한 관찰력을 기반으로 기괴함과 공포를 희극적으로 변모시키는 '부조화 속의 조화'를 그 특징으로 삼고 있다.

고골의 문학 경향은 창작 시기에 따라 초기, 중기, 후기로 구분된다. 초기의 작품에는 낭만주의적 경향이 강하게 나타난다. 특히 고골의 고향이었던 우크라이나의 동화적 세계, 민간 전설 속에 스며 있는 환상적 이미지와 영웅적 서사가 이 시기 작품들에 잘 반영되어 있으며, 유쾌하고 긍정적인 인물들이 중심이 되어 이야기를 이끌어 나간다. 중기 작품에 해당하는 소위 '상트페테르부르크 작품 군(群)'에서는 수도 상트페테르부르크의 관료 세계에 대한 비판적 시각이 중심을 이루고 있다. 한편 후기 작품은 장편소설 『죽은 혼』에 대한 작업으로 채워진다. 이 작품에서 고골은 그간 자신의 창작에서 시도되었던 모든 경향, 즉 '상트페테르부르크 작품 군' 및 「검찰관」에서 보여 준 풍자와 그로테스크, 「타라스 불바」에서 묘사된 광활함과 시적인 측면, 그리고 일화와 서사시적 파토스(pathos, 지속성이 없는 일시적인 내면의 감정을 일컫는 말로 정열, 격정 등을 의미한다.) 등을 결합하여 그야말로 '전(全) 러시아'를 보여 주고자 했다.

고골은 대단히 예민한 성격과 남다른 감수성을 지닌 작가였다. 끊임없이 야기되는 현실의 불합리성과 이해되지 않는 모순들에 대한 첨예한 반응은 그의 창작에 있어 긍정적인 힘으로도 작용했지만, 뒷날 큰 부담으로 작용하여 정신적 방황이 시작되는 불씨로 변하면서 결국 고골

이 자신의 재능을 제대로 발휘하지 못한 채 일찍 삶을 마감하는 원인이
되었다.

「검찰관」

이 이야기는 푸슈킨이 한 지방에서 실제로 겪은 일화를 고골에게 귀
띔해 준 것이다. 푸슈킨은 고골에게 작품의 소재를 제공하면서, 단순히
우스운 상황을 그려 내는 것에 만족할 것이 아니라 따끔한 풍자를 포함
시켜야 할 것이라고 충고를 곁들였다.

관직이 지배하는 허위의 세계

고골은 이러한 푸슈킨의 요구에 대해 '관직이 빚어 낸 거짓 환상'이
라는 장치를 사용하여 「검찰관」을 예술적으로 재현해 냈다. 「외투」에서
와 마찬가지로 「검찰관」에는 관직과 인간이 서로 대치되어 나타난다. 인
간의 내적 가치가 아니라 관직에 따라 모든 것이 결정되며, 관직이 높
으면 선하고 좋은 사람이라는 논리가 형성된다. 관직에 따라 모든 가치
가 결정되는 불합리하고 황당한 세계에서 주인공 흘레스타코프가 별다
른 노력 없이 검찰관으로 변신하는 것은 그리 어려운 일이 아니다.

보브친스키와 도브친스키의 섣부른 추측과 과장된 말에 의해 흘레스
타코프의 위상은 순식간에 검찰관으로 격상되고, 관직이 지닌 마력에
따라 흘레스타코프가 지닌 모든 자질들은 부정적인 것마저도 긍정적인

것으로 받아들여지게 된다. 여관비도 내지 못할 정도로 딱한 처지에 놓여 있던 흘레스타코프가 순식간에 위풍당당한 관리의 특징들로 포장되어 버린 것이다. 그러나 흘레스타코프는 자신이 정말로 중요한 관리나 되는 것처럼 자진해서 연기를 하거나 거짓말을 하지는 않는다. 모든 것은 이미 거짓으로 점철된 삶과 관직의 환상에 너무나도 익숙해져 버린 사람들의 상상 속에서 자동적으로 부풀려진다.

이는 「검찰관」의 등장인물들이 이미 내적 가치를 상실한 공허하고 메마른 영혼의 소유자라는 것에 대한 직접적 시사이다. 특히 마지막 장면(모든 등장인물들이 모두 돌처럼 굳은 채 정지된 장면)은 그들의 정신적 공허 상태를 더욱 강조하고 있다.

웃음의 세계

웃음은 고골 문학의 창조적 힘이며 비밀이다. 그는 누구보다도 웃음이 인간 고유의 특성임을 간파하였다. 그의 소설은 웃음을 떠나 말할 수 없고, 모든 것은 희극적 전망으로 구성되었다. 당시 일부 비평가들은 고골이 「검찰관」에서 삶의 부정적인 측면만 부각시키고 있다며 비난하기도 했다. 이에 고골은 강하게 반발하면서 자신의 작품에는 분명 긍정적인 주인공, 다름 아닌 '정직한 웃음'이 있다고 주장했다. 비극적 상황으로 인식될 수 있는 자리에서도 웃음은 여전히 유지되며 더욱 빛을 발하고 있는 것이다. 비록 그의 작품에는 언제나 불안과 고뇌의 그림자가 짙게 드리워져 있지만, 비관적 상황에서도 고골은 웃음을 잃지 않는다. 웃음은 영혼의 소리이며, 영혼 그 자체인 것이다.

"눈물을 통한 웃음"이라고 고골 스스로 정의했던 바와 같이, 그의 작품에서 웃음은 일차적으로는 불합리하고 모순적인 상황에 대한 황당함에서 발생되지만, 궁극적으로는 그 속에 파묻혀 있던 인간의 선한 본성을 일깨우는 것, 불합리한 세계를 벗어나 갱생할 수 있는 가능성을 인식하게 해 주는 것, 인간을 인간답게 만들어 주는 그 어떤 것이다. 고골은 인간의 개성이 아무리 극단적으로 왜곡되었다 하더라도 그 영혼의 심연에는 작으나마 다시 인간으로 타오를 수 있는 불꽃이 간직되어 있다고 확신했다. 고골은 진정한 웃음이야말로 관료주의와 탐욕으로 물들어 있는 일그러진 세계를 무너뜨릴 수 있는 힘이라고 간주했던 것이다.

「외투」

우연히 한 친지로부터 사냥을 좋아하는 어떤 하급 관리의 일화†를 전해 듣고 이 작품을 구상하게 되었다고 한다. 그러나 일화에 나오는 관리가 잃어버린 사냥총이 소설에서는 외투로 바뀐다. 돈이 없어 겨울 외투를 살 수 없는 자신의 처지를 한탄하는 고골의 편지(1830년 4월 2일자)

---

† 어떤 하급 관리의 일화 : 사냥을 좋아하는 하급 관리는 돈을 절약하여 모은 전 재산으로 고급 사냥총을 구입하였다. 그러나 사냥을 나간 첫날, 배에서 졸다가 그만 사냥총을 물에 빠뜨리고 말았다. 크게 낙담한 관리는 집에 돌아와 심한 열병에 걸려 자리에 드러눕게 되었다. 이를 불쌍하게 여긴 동료들이 돈을 모아 그에게 새 사냥총을 사주었다. 관리는 다시 생기를 찾았지만, 두고두고 잃어버린 사냥총을 아쉬워하였다는 내용이다.

에 그 이유가 잘 드러나 있다. 그는 겨울 외투 대신 80루블을 주고 여름 외투를 구입하여 간신히 겨울을 날 수 있었다고 한다. 이렇듯 하급 관리로서 힘들었던 자신의 실제 경험과 전해 들은 에피소드가 교묘히 어우러져 완성된 작품이 바로 「외투」다.

상트페테르부르크 테마와 그 상징

1843년 중편소설 「외투」가 출간되면서 그간 고골의 창작에서 '상트페테르부르크 테마'를 중심으로 형성되어 왔던 일련의 작품 군(群)이 완성된다. 일찍이 도스토예프스키가 상트페테르부르크를 지구상에서 "가장 환상적인 역사를 가진 도시"라고 칭하고, 안드레이 벨르이가 상트페테르부르크를 일컬어 "4차원의 도시"라고 정의 내렸던 것과 같이 러시아 문학에서 상트페테르부르크는 신화적 공간으로서 특별한 위상을 차지하고 있다.

18세기 초 러시아의 유럽 진출을 위하여 피터 대제에 의해 시작된 수도 상트페테르부르크 건설은, 수십만 명에 달하는 러시아 민중의 피와 땀 위에 이루어졌다. 이후 프랑스, 독일 등 찬란하고 화려한 유럽 문화가 대거 유입되면서 귀족들의 삶은 풍요로워졌지만 도시 뒷골목에 살고 있는 일반 민중의 삶은 더욱 비참해졌다. 수많은 민중의 피와 땀 위에 자연의 질서를 거스르며 축조된 거대한 인공 도시는 귀족들의 배만 불린 채 러시아의 정체성을 상실한 변방의 유럽 도시로 전락했다.

바로 이러한 측면에서 상트페테르부르크의 신화적 요소들은 고골의

287

작품에서 '전도된 세계'와 '뒤바뀐 체계'를 상징하고 있다. 그의 작품 속에서 상트페테르부르크라는 상징적 공간을 통해 나타나는 다양한 기호학적 대비는 문화적, 사회적 코드들과 결합되면서 기괴함과 혼돈스러운 '현실에 대한 환상'과 '환상의 현실적 변용'을 넘나들며 묘사된다.

또한 고골은 「외투」에서 자연 현상, 즉 상트페테르부르크 기후를 사실적 코드로 사용하고 있다. 작품 전반을 통하여 고골이 묘사하고 있는 '혹독한 추위'는 단순히 물리적 현상으로 묘사되는 것에 그치지 않고, 주인공 아카키 아카키예비치를 둘러싸고 있는 사회의 '냉담함'과 '비정함'에 대한 은유로 확장되어 작품을 이끌어 가는 중요한 요소가 된다.

고골의 '상트페테르부르크 작품 군'에는 『아라베스크』(1835)에 수록된 「네프스키 거리」, 「광인일기」, 「초상화」를 비롯하여, 『동시대인』을 통해 발표된 「코」(1836), 그리고 「외투」가 속한다.

작은 인간의 테마

「외투」는 고골의 도덕주의적 성격과 사회적 테마에 대한 관심이 증폭되었던 비교적 후기에 집필된 작품으로, '작은 인간'의 테마와 긴밀한 관계를 형성하고 있다. 여기서 '작은 인간'이란 단순히 말단 관리나 소시민들을 지칭하는 용어가 아니라, 주변 세계에 대해 개인의 무력함을 호소하는 억눌린 인간, '관직과 직위'으로 상징되는 관료 제도와 체제 속에서 자신의 정체성을 상실해 가거나 혹은 이미 상실해 버린 인간 형상을 의미한다.

도스토예프스키가 "우리는 모두 고골의 「외투」에서 나왔다."라고 말했듯이 당대의 많은 비평가들은, 모욕 받고 상처 입은 자들에 대한 동정과 연민을 담고 있는 문학의 출발점을 이 작품에서 찾고 있다. 특히 '나도 당신들의 형제야!' 라는 주인공 아카키 아카키예비치의 무언의 외침은 아무리 하찮은 존재라 할지라도 그 역시 존엄성과 가치를 지닌 인간이라는 것을 대변하는 '작은 인간' 테마의 슬로건이 되었다.

1809년	우크라이나의 귀족 가문 출신으로 미르고로드 군(郡)의 작은 마을 발슈에 소로친치에서 태어났다. 본래 성은 고골리야노프스키였으나, 성의 앞부분인 고골만을 선택하여 필명으로 사용하였다. 그의 아버지는 문학에 대한 관심이 많았고, 어머니는 기독교에 심취해 있었다.
1818년(9세)	폴타바에 있는 초등학교에 입학했다.
1821년(12세)	네진에 있는 학교로 전학했다. 이 시기에 영웅 서사시, 풍자소설, 낭만시 등 다양한 방면에서 창작을 시작했다.
1828년(19세)	학교를 졸업한 뒤 상트페테르부르크로 이주했다.
1829년(20세)	'알로프'라는 필명으로 처녀작 『간츠 큐헬가르첸』을 출간했지만 독자들로부터 차가운 외면을 받았다. 이에 비관하여 독일로 떠났다가 다시 상트페테르부르크로 돌아왔다.
1830년(21세)	푸슈킨, 주코프스키, 젤비그 등 당대의 문인들과 교제를 시작했다.
1831년(22세)	문학 잡지 『조국 수기』에 「이반 쿠팔라 전야(前夜)」를 발표하여 푸슈킨의 찬사를 받았다. 우크라이나 고향 마을을 배경으로 하는 『디칸카 근교의 야화』 제1부를 출간했다. 제1부에는

「소로친치의 야시장」, 「이반 쿠팔라 전야」, 「5월의 밤, 혹은 물에 빠져 죽은 여자」, 「사라진 편지」가 수록되었다.

1832년(23세) 『디칸카 근교의 야화』 제2부 출간. 제2부에는 「크리스마스 전야」, 「무서운 복수」, 「이반 표도로비치 슈폰카와 그의 숙모」, 「마법에 걸린 장소」가 수록되었다. 문학 잡지 『모스크바인』의 편집국장 포고진과 친분을 쌓았다.

1834년(25세) 상트페테르부르크 대학 역사학부 교수로 중세사 강의를 시작했다.

1835년(26세) 대학 교수직을 사임하고 문학 활동에만 전념키로 한다. 「타라스 불바」, 「비」, 「이반 이바노비치와 이반 니키포로비치가 싸운 이야기」 등이 수록된 『미르고로트』 선집을 발간했다. 「광인일기」, 「네프스키 거리」, 「초상화」 등이 수록된 『아라베스크』 선집을 발간했다.

1836년(27세) 푸슈킨이 주관하는 문학 잡지 『동시대인』에 환상적 풍자 소설 「코」를 발표했다. 희곡 『검찰관』을 출간하고, 상트페테르부르크 알렉산드르 왕립 극장과 모스크바 소극장에서 공연을 했다. 공연은 큰 성공을 거두었으나 일부 보수 비평가 진영에서 던지는 비난을 견디지 못하고 유럽으로 여행을 떠나 로마에서 기거했다. 그곳에서 장편소설 『죽은 혼』을 쓰기 시작했다.

1841년(32세) 『죽은 혼』 제1부가 완성되었다. 유럽 여행을 마치고 러시아로 돌아왔다.

1842년(33세) 「외투」, 「결혼」, 「도박사」 등 총 4편이 수록된 작품집을 출간했다. 포고진이 편집장으로 있는 문학 잡지 『모스크바 인』에 중편소설 「로마」를 발표했다.

1847년(38세) 계층 간의 반목과 불화를 멈춰야 한다는 호소가 담긴 『친구들과의 왕복 서한』을 출간했다. 이 작품으로 인해 러시아 진보와 보수진영 사이에 갈등이 심화되었다.

1848년(39세) 예루살렘으로 성지 순례를 떠나 금욕주의적 경향을 지닌 수도원장 마트베이 콘스탄티노비치의 영향을 받게 되었다.

1852년(43세) 이미 집필을 마쳤던 『죽은 혼』의 제2부를 모두 불에 태워 버렸다. 심한 우울증에 시달리다가 43세의 나이로 생을 마감하여 다닐로프스키 수도원에 묻혔다. 1909년에 고골 탄생 100주년을 맞아 노보제비치 수도원으로 이장되었다.

옮긴이 **송정수**

중앙대학교 노어학과와 동대학원 졸업하고, 러시아 학술원 산하 '고리키 세계 문학 연구소'를 졸업하고 문학 박사 학위를 받았다. 현재 중앙대학교에 출강하고 있으며, 대표 논문으로는 '안드레이 플라토노프의 소설 「행복한 모스크바」 연구 : 1930년대 창작 컨텍스트를 중심으로', '텍스트문헌학적 접근 방식을 통한 작가 상호텍스트성 고찰', '기억, 경계, 메타흐로노토트 : 안드레이 플라토노프의 「행복한 모스크바」, 「카틀로반」에 나타난 여주인공 형상을 중심으로'가 있다.

옮긴이 **김세일**

고려대학교 노어노문학과를 졸업하고, 러시아 상트페테르부르크 국립대학교에서 석사 및 박사 학위를 받았다. 현재 중앙대학교 노어학과 교수로 재직하며, 한국슬라브학회 편집이사, 한국러시아문학회 운영이사로 활동하고 있다. 옮긴 책으로는 꾸플린 선집 『올레샤』, 『술라미, 석류석 팔찌』 등이 있다.

그린이 **임양**

추계예술대학에서 동양화를 전공했다. 일러스트 매니지먼트사인 mqpm 소속으로 활동하고 있으며, 초상화 강사로도 활동중이다. 그린 책으로는 『꿈을 그린 화공』, 『대장금』, 『깡패 진희』, 『삼국지』 등이 있다.

세계의 클래식

〈세계의 클래식〉은 오랫동안 꾸준히 사랑받아 온 문학 작품을 청소년들이 좀더 친숙하게 접할 수 있도록 새로운 감각으로 펴낸 고전 시리즈입니다. 원서에 충실한 번역과 문학성을 살린 풍부한 문장이 작품에 대한 이해와 읽는 재미를 한층 높여 줄 것입니다. 또한 젊은 작가들의 섬세하고 감성적인 그림이 청소년뿐만 아니라 문학을 사랑하는 모든 이의 마음까지 채워 주기에 부족함이 없습니다.